新 潮 文 庫

公　孫　龍

巻一　青龍篇

宮城谷昌光著

新 潮 社 版

11886

目次

挿画 原田維夫

公孫龍

巻一　青龍篇

公孫龍の世界

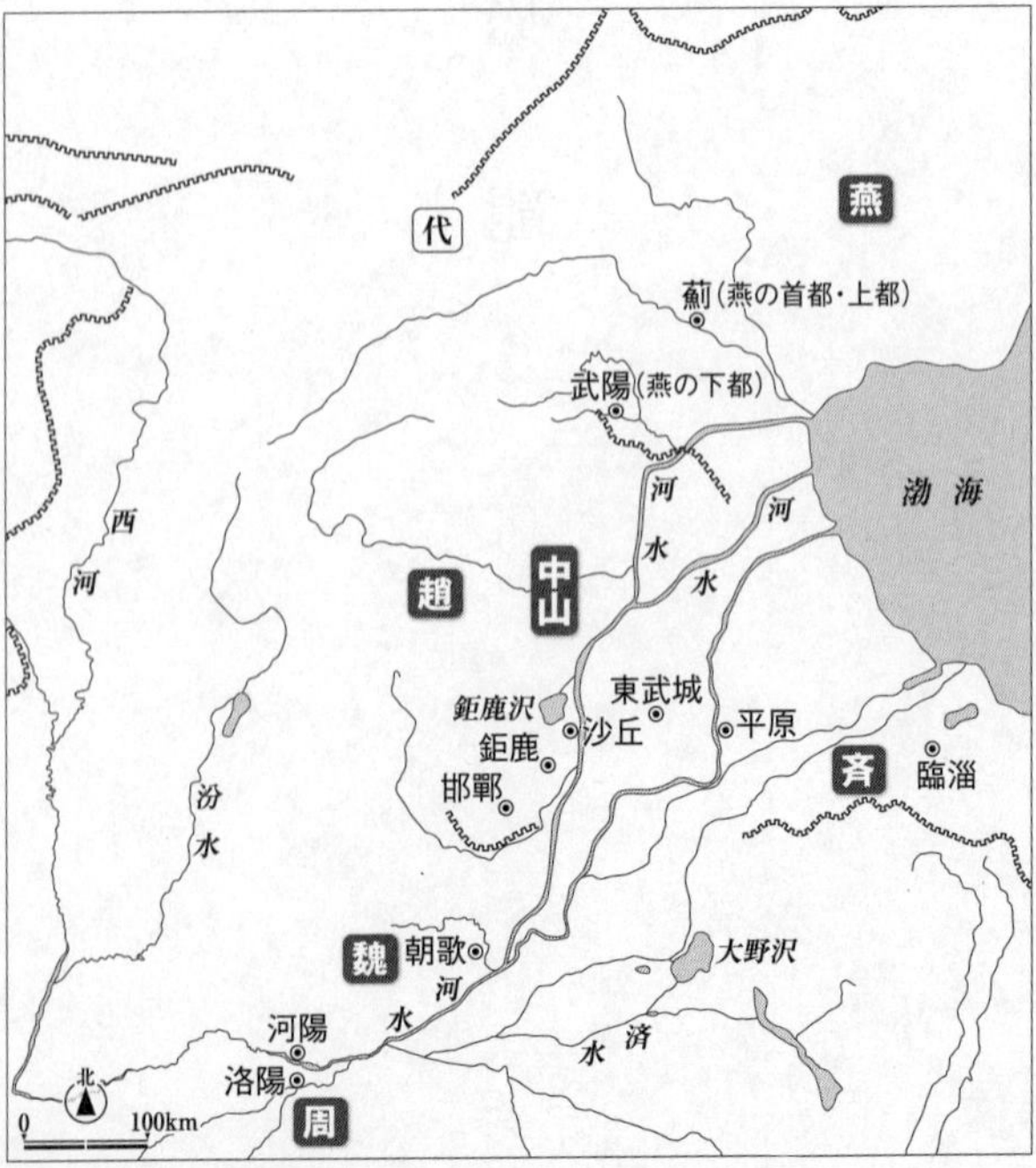
代
燕
薊（燕の首都・上都）
武陽（燕の下都）
河
水
河
水
渤海
西
河
趙
中山
東武城
鉅鹿沢
沙丘
平原
鉅鹿
邯鄲
斉
臨淄
汾
水
魏
朝歌
大野沢
河
水
河陽
洛陽
済
水
周
北
0
100km

人質の旅

まっすぐに陽光がふっている。

その陽光が、喬木《きょうぼく》である槐《えんじゅ》のすべての葉をきらめかせた。

ときどき吹く風に、いっせいに葉が揺《ゆ》れて、若々しい緑の光が交響するようである。

十八歳の王子稜《りょう》は、城内でひときわ高いその樹《き》を、飽《あ》かずに眺めていた。

王子稜のうしろには、従僕《じゅうぼく》の童凜《どうりん》がおとなしくひかえている。童は、この少年の氏ではなく、童僕《どうぼく》の童であり、氏はないといってよい。年齢は王子稜より三つ下で、王子稜が十歳をすぎたころに属《つ》けられた召使いである。この少年は利発さをもっており、機転もきくので、すっかり気にいった王子稜は、寝所への出入りもゆるしている。

風に馮《の》って、王子稜を呼ぶ声がながれてきた。

すばやく起《た》ってふりかえった童凜は、颯《さっ》と王子稜に近づくと、

「寺人《じじん》の肥《ひ》です」

と、ささやくようにいった。このいいかたには、あの男にはご用心をおこたらないほうがよいです、という忠告がこめられている。

ちなみにこの時代の寺人は、のちの時代には宦官《かんがん》と呼称を変える。刑余《けいよ》の官吏《かんり》である。

——肥は、陳妃《ちんひ》の側近だが……。

いぶかしげに王子稜はふりむいた。

陳妃は周《しゅう》の赧《たん》王の世婦《せいふ》であったが、王子稜の生母である夫人の季姞《ききつ》が亡《な》くなったため、夫人すなわち王后《こう》につぐ地位に飛躍的に昇った。ちなみに後宮における地位は、王后がもっとも高く、ついで夫人、その下に嬪《ひん》、さらに世婦という順位である。むろん世婦はひとりではなく、二十七人いるといわれ、そのなかで出頭《しゅっとう》するためには、たぐいまれな美貌《びぼう》か、ぬきんでた才知か、そのいずれかをもっていなければならない。陳妃が多くの女官に嫉妬《しっと》されるほど鮮妍《せんけん》であることは、つとに知られていたが、童凛にいわせると、

「あのかたはご自身の美貌にうぬぼれ、王后の位まで昇りたがっている腹黒さをもっています」

ということである。王子稜も陳妃にしばしば会うわけではないが、幼少のころに視《み》た印象では、

——どこか妖《あや》しい。

という不安を与えられた。

その陳妃に仕えている寺人の肥が忠正《ちゅうせい》ひとすじの男ではないことくらい、王子稜にもわかる。

近づいてきた寺人の肥は、王子稜の足もとで跪拝《きはい》すると、

「王が、お呼びです。至急、とのことです」

と、告げた。感情をおさえた声である。

――陳妃の使いではなかったのか。

めずらしいことである。だが、考えてみれば、陳妃が夫人の位に昇ったことで、寺人の肥も赧王に近づいたことになる。

「すぐに参る」

王子稜は槐の喬木からはなれた。

「いやな予感です。あの男が朗報をもってくるはずはありません」

と、童凜がつぶやくようにいった。

――その通りだ。

王子稜は胸中でうなずいたが、この意《おも》いをことばにしてしまうと、ほんとうに凶事に遭遇することになりそうなので、童凜のことばも、自分がおぼえた予感も、あえて

打ち消しつつ、殿上にのぼった。

宮殿のなかでもさほど広くない一室に、すでに赧王はふたりの大臣と書記官だけを従えて着席していた。小さな窓があるだけの室なので、さきほどまで燦々《さんさん》たる陽光を浴びていた王子稜にとって、室内はずいぶん暗く感じた。

王子稜が着席するや、すぐに大臣が口をひらいた。その口から、かすれぎみの声がでた。

「王子はただちに燕《えん》へ行ってもらいます」

まなざしを動かした王子稜は、父である赧王の真意を探るような目つきをした。

王子稜にみつめられた赧王は、いちど小さくため息をついてから、

「この城は、まもなく東周《とうしゅう》の兵に攻められる。城が包囲されると、城からでられなくなる。ゆえにただちに旅立たねばならぬ」

と、細い声でいった。

東周は周王室の分家の国で、鞏《きょう》とよばれる地を本拠として威勢を伸張させ、いまでは本家をしのぐほどの強壮《きょうそう》さを発揮している。

——やはり凶《わる》い予感はあたった。

と、おもいながら王子稜は、

「わたしは王の使者として燕へ行き、そこでなにをすればよろしいのですか」

と、強く問うた。すると大臣が、

「なにもなさらず、とどまっておられればよろしいのです」

と、王子稜の感情の高ぶりをおさえるようないいかたをした。が、そのいいかたがかえって王子稜の胸中をかき乱した。

「質《ち》になれ、と仰《おお》せですか」

大臣ではなく父である王の声をききたい王子稜は、赧王しか視なかった。

「ふむ……」

赧王はうなずいただけである。

質は、いうまでもなく、人質のことである。この戦国の世では、諸国は権謀術数《けんぼうじゅっすう》をめぐらし、昨日盟《ちか》った国と今日は戦うありさまで、信義をつらぬく国などひとつもない。だが、盟約を交わせば、たとえその盟約に実《じつ》がなくても、形式的に人質を交わす。あるいは、力を借りたい国にたいして一方的に人質をさしだす。いま赧王は燕の力を借りたいのであろう。燕は北方の国なので、その軍事力を求めにくい。となれば、財力にすがりたいのではないか。

「これを、燕王に渡せ」

赧王からさずけられた匣《はこ》には書翰《しょかん》がはいっているのであろう。が、この匣は金属で封《ふう》がされている。それは、

――燕王が披見《ひけん》するまで、たれもこの書翰を読んではならぬ。

という赧王の強い意思のあらわれである。匣をうけとった王子稜は、ここまで厳重にしなくても、と内心嗤《わら》った。が、さびしい嗤いである。最北の国での人質生活がみじめさに満ちたものになるとはかぎらないが、人質となった諸国の公子がその国で優遇されている例はほとんどない。ちなみに国王の子が王子と呼ばれることは多くなく、公子と呼ばれるのがふつうである。

――われは生涯周に帰れないかもしれない。

胸中に湧《わ》いたさびしさは、予感をも暗くした。

このとき、すこし頤《あご》をあげた大臣が、

「召《しょう》公、どうぞ」

と、室外までとどくような声を発した。この声に応じて入室した人物は、濃い鬚《あごひげ》とするどい眼光をもっていた。赧王に仕える大夫《たいふ》のひとりで、名を、

「祥《しょう》」

と、いう。あざなは子祝《ししゅく》である。年齢は三十代の後半であろう。

着座した召公祥にむかって、赧王は、

「稜を燕までとどけてもらいたい。ただし、戦いが近いので多くの騎兵を属けられぬ。人質を送ることが他国にわかれば、刺客が放たれる。その暗殺の刃《やいば》をかわすためにも、変装が必要となろう。あとは、そなたの裁量にまかせたい」

と、いった。拝手した召公祥は、

「変装については、すでに準備してあります。日没後、北門をひらいていただきたい。そこから城外へでます」

と、低いがはっきりした声で述べた。

――えっ、今夕《こんせき》発つのか。

この唐突《とうとつ》さに衝撃をうけた王子稜は、しばらく呆然《ぼうぜん》とした。

このあいだに、ひとりの大臣が召公祥と連れ立って退室した。確認しあうことが残っているのであろう。

赧王も席を立って、王子稜にまなざしをむけると、

「いつまでも健勝でいよ」

と、父親らしい声でいった。これが赧王のせいいっぱいのやさしさであろう。

室内に残ったいまひとりの大臣は、

「王子よ、気落ちなさるな。王のご親愛は、あなたさまにむけられている。ご帰還をあきらめてはいけません。また、燕はあなたさまの生母の生国であるゆえに、そこでは粗略《そりゃく》にあつかわれることはありますまい」

と、やわらかく諭《さと》すようにいった。この大臣は劉《りゅう》公といい、王子稜にとって遠いところにいた大臣であるが、

――意外に、親切な人だ。

と、はじめて劉公を直視した。こういう人が赧王の輔弼《ほひつ》の席にいることが、わずかながらとはいえ、王子稜には心強かった。

心の整理がつかぬまま自室にもどると、見知らぬ者が衣服をささげて待っていた。

「それがしは召公の臣の棠克《とうこく》と申します。商人の体《てい》で城をでますので、お召し替え用の衣服を持参いたしました。なお、王子のお従《とも》は三人、ということにしていただきます。二時後《ふたとき》に、お迎えにまいります」

「わかった」

王子稜は憤意《ふんい》をこめていった。すでに人質生活の窮屈さがはじまっているといってよい。着替え用の衣服をしばらく凝視《ぎょうし》しているうちに、涙がでそうになった。この王子稜の悲嘆ぶりを恐れて童凜はしばらく室外にいたが、

「白海《はくかい》と牙苔《がとう》を呼べ」

という王子稜の声をきくや、趨《はし》りだした。

半時後、白海と牙苔が童凜とともに室内にはいってきた。

白海は父の赧王が付けてくれた剣士である。二十七、八といった年齢で、どちらかといえば寡黙《かもく》だが、ときどき的確な助言を呈してくれる。王子稜のように王の子弟はかならず弓術《きゅうじゅつ》は習うが、剣術を習う者はほとんどいない。剣術は弓術より卑《ひく》くみられている。だが、王子稜は白海という剣士がもっている精神の玄曠《げんこう》さをなんとなく感じ、その精神に接するつもりで白海から剣術を習った。ただし、白海の生国はわからず、かれの家族についても知ることができない。

——父はどこで白海をみつけたのだろう。

それも、いまだに謎《なぞ》である。

牙苔は王子稜を傅育《ふいく》するための臣で、まもなく三十歳になる。まさに謹厚《きんこう》な臣であるが、思考に柔軟性があり、王子稜は絶大に信頼している。

三人を坐《すわ》らせた王子稜は、

「われは人質として燕へゆくことになった。今夕発つ」

と、告げた。言下《げんか》に、白海をのぞいてふたりの表情に驚愕《きょうがく》の色があらわになった。

さらに王子稜は、

「従者は三人と限定されたので、われはこの三人を選んだ。が、燕へゆけば、その地に骨をうずめることになり、二度と周都の地は踏めないと想《おも》うべきである。それでもわれに従ってくれるかどうか、訊《き》いておきたい」

と、三人の意思をさぐるようにいった。

すると牙荅は肚《はら》をすえなおしたのか、

「王子の傅育をまかされたそれがしが、王子から離れられましょうや」

と、強い口調でいった。ついで童凜が、

「王子のいない王宮に、わたしの居場所はありません」

と、声をふるわせながらいった。

小さくうなずいた王子稜は、白海をみつめた。白海の口がひらいた。

「それがしは……。失礼ながら、随従《ずいじゅう》は、辞退させていただく」

「わかった。無理強《むりじ》いはせぬ」

白海を帯同すれば心強いが、けっきょくその剣の才能を燕の地で朽《く》ちさせるだけだ、とわかっている王子稜は、すぐにほかの者を選んだ。

「碏立《しゃくりつ》」

という力士《りきし》である。碏立は王子稜の生母が周王室の後宮にはいるときに、燕から随行してきた臣の子で、年齢は王子稜とおなじである。

日が西へかたむくと、王子稜の眼前にあらわれた棠克が、

「いざ——」

と、退室をうながした。すでに王子稜の頭にあった冠ははずされ、幘《さく》がつけられている。幘は頭巾《ずきん》といいかえてもよい。まずまず商人のかっこうになった。

翳《かげ》った宮門のほとりにならんだ馬車は四乗であり、それらの馬車を護衛する騎兵が二十数人いた。ただし騎兵も甲《よろい》をかくすような服装であり、棠克の話によると、

「あれら騎兵の半数は、召公の家臣です」

ということであった。官兵は十余人しかいないということである。官兵の長は、

「昆剛《こんごう》」

と、いい、王子稜にむかって敬礼すると、

「燕までお送りいたします」

と、武人らしくはっきりした口調でいった。年齢は三十代の前半といったところで、眉《まゆ》が長く、髯《ほおひげ》が赤みを帯びているのが特徴である。

ほどなく日没となった。

それを待っていたかのように、王子稜の視界にあらわれた召公祥は、ゆっくりと歩き、棠克のみじかい報告にうなずいてから、王子稜に近づいた。

「燕までは、長い旅です。健康をそこなわれぬように——」

それだけをいうと、手を挙《あ》げた。これが出発の合図で、先頭の馬車に棠克が乗った。二番目の馬車には召公祥が乗り、そのうしろの馬車に王子稜が乗った。最後尾の馬車には食料と武器が積まれているようである。先頭の馬車をのぞいて、すべての馬車に幌《ほろ》がかけられている。徒歩で従う者はいない。王子稜の馬車の御《ぎょ》は、牙荅と昆剛が交替でおこない、童凜は王子稜とともに幌のなかにいた。

王城内にも敵国の諜者《ちょうじゃ》がいると想うべきで、かれらの目から王子稜をかくすために幌馬車が用意されたのであろう。

艴《あおぐろ》くなった城門にこの集団が近づくと、門扉《もんぴ》が開かれた。

城外はまだ闇《やみ》というわけではない。

粛々《しゅくしゅく》と城外にでたこの集団がしばらく北へ走ったあと、駐《と》まった。棠克の声に応ずるように各馬車に炬火《きょか》が点《とも》った。

王子稜は幌のあいだから王城を観《み》た。その遠い威容は影だけになっていた。

——これが見納めになるのか。

そう意ったとき、急に、召公祥の心づかいに気づいた。ここで馬車を駐めたのは、王子稜が王城に別れを告げる時間を設けた召公祥のやさしい配慮があってのことであろう。

——あの大夫には、みかけによらず慈心《じしん》がある。

車中の王子稜はそう感じた。

おなじころ、王宮内の一室で、陳妃が寺人の肥から報告をうけていた。

「ただいまもどりました。王子稜と召公祥の馬車は、たしかに城門をでました。しばらく城門をみていましたが、引き返してきた馬車はないので、かれらは確実に燕にむかいました」

「さようか……」

眉宇《びう》を明るくした陳妃は、

——これで王子稜を始末した。

と、意えば、笑いがこみあげてくる。

「匣は、まことに、すりかえたのであろうな」

「ご心配にはおよびません。王より匣の製作を命じられたのは、わたしです。同じ物をふたつ作らせました」

「なかの書翰が偽物《にせもの》であると燕王に見破られることはないか」

寺人の肥は幽《ほの》かに笑った。

「王のご直筆を知る者など、どこにいましょうや。すべての書翰は、記録官の筆によるものです。わたしの筆とどれほどのちがいがありましょうか」

「そうよな……」

「王にご寵幸《ちょうこう》されていた王子稜を追い払ったとなれば、あなたさまの御子が、まぎれもなく太子の席に即《つ》かれるでしょう」

「ああ、その嘉言《かげん》ほどうれしいものはない。わが子が王位に即いたら、そなたに大臣の席を用意しよう」

陳妃は将来をみつめる目つきをした。幼児の成長が待ち遠しいという母の顔になった。

一方、周都をでて北進した馬車は、騎馬に護《まも》られながら、夜中に孟津《もうしん》にさしかかった。この津《みなと》から河水《かすい》（黄河《こうが》）を渡れば、河陽《かよう》という邑《まち》に到る。

船と筏《いかだ》の手配を棠克がおこなったのであろう、馬車をおりたかれは、焚《た》き火のまわりにいた舟人《しゅうじん》に声をかけて起たせた。まず舟人は筏に乗った馬を対岸に運ぶ。一度では完了しないので、二往復する。

車を牽《ひ》いてきた馬をはずした牙荅は、王子稜に、

「対岸に着くころ、夜が明けます」

と、いった。車中で仮眠をとった王子稜が船に乗ったとき、河岸に吹いていた風が落ちた。

「まもなく黎明《れいめい》です」

そういった牙荅は、渡河がぶじに終わりそうなので、安心したのか、頭を垂《た》れて眠った。

渡河が完了したとき、日が昇って、あたりはまぶしいほど明るくなった。また風が吹きはじめた。

ここから燕までは、魏《ぎ》、趙《ちょう》、中山《ちゅうざん》という三国がある。

「趙王は中山を奪うべく、連年、兵を発しているようですから、戦場に近づかない道を選んで北へすすまなければなりません。が、おそらく棠克どのの脳裡《のうり》には、そのための地図があるでしょう」

と、牙荅は王子稜にいった。渡河のための手配にまったく疎漏《そろう》がなかったので、牙荅は棠克の才覚を信用しはじめた。

魏の国をぬけるには山間の道と沿岸の道があるが、山間の道には山賊が出没するの

で、沿岸の道をゆくことになった。かつては魏が最大の国であったが、いまや西方から伸張してきた秦《しん》にまさる国はない。その点、燕は最北に位置しているので、秦の脅威を感じてはいないであろう。

数日後、道は河水から離れた。

さらに日をかさねて、この集団は朝歌《ちょうか》という邑にはいった。ここで馬を替《か》えた。馬車も騎馬も副馬《そえうま》を牽いてきている。

道順を確認するために牙荅は召公祥と棠克に招かれて、話し合いに加わった。王子稜のもとにもどってきた牙荅は、

「まっすぐ北上して、趙都である邯鄲《かんたん》に到るしか道はないようです。邯鄲から中山を通らないで燕へゆく道がみあたらないので、さすがの棠克どのも苦慮しています」

と、話した。まず邯鄲で情報を蒐《あつ》め、戦場に踏み込まないように、さぐりながら北上するしかない、ということであった。

が、王子稜は北へゆけばゆくほど憂鬱《ゆううつ》になった。燕に着いて優遇されようが冷遇されようが、生涯、燕の外にはでられなくなる。周王の後嗣《こうし》となることに執着があったわけではないが、この戦乱の世を無為にすごしたくはない。

朝歌をあとにして北へ北へすすむと長城の威容がみえた。いよいよ邯鄲が近いとい

うことである。

　長城の門にさしかかると、門衛に止められて、検問がおこなわれた。棠克の如才《じょさい》なさはこういうときにも発揮されて、

「燕まで行って荷をうけとり、周都へ運ぶ者でございます。うしろの馬車に積んである武器は、山賊などに襲われたときに、応戦するためのものです」

　と、いいつつ、門衛に袖《そで》の下《した》をつかった。

　門衛は目を細め、親切心をみせて、

「燕までゆくのか。それは苦労よな。いまわが国の王は中山征伐をなさっている。当分、中山は通れぬ」

　と、おしえた。

「それは困りました。中山を通らずに燕へゆく道があれば、ご教示くださいませんか」

「ひとつある」

「それは――」

「邯鄲の東北に鉅鹿沢《きょろくたく》がある。その北にながれている川は河水にそそいでおり、そこから船がでている。それに乗れば中山を通らずに燕国にはいれる」

「それは、それは、よいことをききました」

棠克は門衛に二度も頭をさげた。かれはさっそく召公祥に報告した。めったに表情を変えない召公祥だが、この報告をきいて安堵《あんど》の色をだした。この長い旅の終着点をはっきりみたおもいがしたのであろう。

邯鄲は大都ではあるが、見物しているひまのないこの集団は、北へすすんで鉅鹿沢に近づいた。緑と水の衍《ゆた》かな風景がひろがった。馬に水を飲ませたあと、この集団は森にはいった。

「ここは、狩猟《しゅりょう》には最適の地ですよ」

と、牙荅はいった。なるほど、いかにも狩りをしたくなる地である。日没が近いので、童凜は薪《たきぎ》を集めはじめたが、近くに枯れ枝がすくないので、遠くまで取りに行った。だが、そのことと、この日、この時に、王子稜がこの森にいたことが、かれの運命を大きく変転させるのである。

山賊との戦い

日没まえから森のなかは暗い。

梢《こずえ》のはるか上にある赤い雲をながめていた王子稜《りょう》は、その雲から色が消えると、鬲《かなえ》をすえている碏立《しゃくりつ》に、

「童凜《どうりん》がなかなかもどってこないが、なにかあったのか」

と、いった。童凜が薪《たきぎ》をとりにいってから、まもなく半時《はんとき》が経《た》とうとしている。

「わたしがみてきます」

炬火《きょか》を点《とも》した碏立が童凜を捜しに行った。その碏立のもどりも遅くなった。

すでに火を焚《た》いていた棠克《とうこく》は、王子稜と牙《が》苔《とう》の近くに火がないことに気づき、

「どうなさったのですか」

と、ようすをみにきた。牙苔が王子稜にかわって、ふたりの従者のもどりがあまりにも遅い、と話していると、遠くに炬火がみえた。

童凜と碏立が趨《はし》ってきた。

ふたりの容態が尋常ではなかった。とくに童凜の息が荒く、すぐにことばがでなか

ったが、呼吸をととのえてから、

「一里さきに、山賊がいます」

と、王子稜に告げた。戦国時代の一里は、いまの四〇五メートルにあたる。

「まことか」

と、いった牙荅だけではなく、棠克も表情を変えた。

「まことです。十人ほどの賊が焚き火をかこんで酒を呑《の》んでいます」

棠克の表情がすこしゆるんだ。

「十人とは、山賊にしてはすくなすぎるではないか」

「かれらの話がきこえてきました。それによると、かれらは先遣《せんけん》の少数で、明日、百人以上の賊と合流することになっています」

「明日、百数十人にまとまる……、なんのために……、まさか、われらを襲うためか」

と、王子稜はいい、目で報告のつづきをうながした。魏《ぎ》の国をぬけるまで東周《とうしゅう》の刺客に襲われることはなく、追跡されているけはいもなかった。が、東周は自国の臣をつかわず、諸国の山賊に財宝をさずけて、自国にとって不都合になる者を消すということはあろう。

王子稜に問われた童凜は、すこし当惑したようで、

「賊の声が、よく聴こえなかったのです」

と、答えてから、しきりに憶《おも》いだそうとした。やがて、

「そういえば、公子の兄弟をなんとか……、とかれらはいっていました。わかったのは、それだけです」

と、細い声でいった。うなずいた棠克はすばやく主人の召公祥《しょうしょう》のもとにもどって、童凜が目撃したことを告げて、指図を仰いだ。この集団の進退を決めるのは、王子稜ではなく、召公祥である。かれは熟考する目のまま、

「一里さきに山賊がいるのか……。酒を呑んで雑談しているとなれば、かれらの今日の探索は終了したとみてよい。ここまで探りにくることはあるまいが、念のために、哨戒《しょうかい》の兵を立てる。昆剛《こんごう》にそう伝えよ」

と、命じた。哨戒は昆剛配下の兵にやらせるということである。

「承知しました。ところで、明朝はどうなさいますか。百人以上の山賊がどの方角からくるのか、また公子の兄弟をどこで襲うのかもわかりません。ここは、趙《ちょう》の国ですから、その公子とは、趙王の子ということになりますが、こんなところに二公子がくるのでしょうか」

「さてな……」

召公祥は鬚《あごひげ》を撫《な》でた。

「趙王は韓《かん》の公女を娶《めと》って夫人とし、男子を儲《もう》けた。それはわかっているが、側室が産んだ公子までは知らぬ。とにかく、趙に内紛があるにせよ、われらにはかかわりがない。明日は、みだりに動かぬほうがよい。動くのは、山賊が引き揚げてからだ」

「ご賢察です。王子にもそのように伝えておきます」

棠克は召公祥の命令を昆剛と牙荅に伝達した。山賊が一里さきにいると知った昆剛はおどろき、すぐに哨戒の兵を立てた。

遅い夕食を摂《と》った王子稜は、しばらく黙考していたが、意を決したのか、童凜を近づけて、

「趙の二公子がこの森にくるとすれば、南からだ。たったふたりでくるはずはなく、多数の従者がいるにちがいない。それらを瞰《み》やすい場所はないか」

と、いった。

「暗かったので、よくわかりませんが、山賊が屯《たむろ》していたのは窪地《くぼち》で、その手前に、ちょっとした高地がありました。あそこなら、見晴らしがよいかもしれません」

「よし、われをそこへ案内せよ」

「えっ——」

「しっ、声が高い。二公子を観《み》るだけだ」

夜中、このふたりだけが消えた。

星の輝きが衰えぬうちに高地に着いた王子棱は、低木の根元でねむりながら黎明《れいめい》を待った。風の音で目を醒《さ》ました王子棱は、あたりがすっかり明るくなっていたので、跳ね起きた。

童凜は腹這《はらば》いになって眼下の細い径路を視《み》ていた。その横まで這っていった王子棱は、

「なにか、みえたか」

と、問うた。

「なにも通りません。鳥さえ飛んでいません」

「鳥が近寄らないのは、この森に人が多数潜《ひそ》んでいるからだ。すでに山賊どもは合流したにちがいない」

鳥の出没について教えてくれたのは、剣の師である白海《はくかい》である。

日が昇ってしばらく経ったとき、

「王子、お捜ししましたぞ」

という牙荅の声がうしろからきこえた。碏立に案内されたかたちで高地に登ってきた牙荅は、ようやく王子稜をみつけた安心感からか、汗がふきでたらしい。

「あっ、王子――」

この童凜の声に緊張を感じた王子稜は、到着したばかりのふたりに、伏せよ、と手で命じた。

径路に黒衣《こくい》の騎兵があらわれた。

王子稜の横に身を伏せた牙荅はうなずきつつ、

「趙と秦《しん》は黒色を好みます。あれはまちがいなく趙の近衛《このえ》兵《へい》です」

と、ささやいた。

王子稜は目で騎兵の数を算《かぞ》えはじめた。二十余人の騎兵のあとに馬車がすすんできた。どうみても貴人用の馬車である。馬車は一乗だけではなく、二乗あった。

――あれが二公子の馬車だ。

王子稜は凝視《ぎょうし》したが、すぐに困惑した。

――どこに公子がいるのか。

車右《しゃゆう》とよばれる武人にかくれるように立っているのは少年である。年齢は十歳をすぎたばかりのようにみえる。直後の馬車にも少年がいて、年齢はさらに低い。

「あの童子《どうし》が公子でしょうか」

牙荅にそういわれた王子稜は、ようやく自分のおもいちがいに気づいた。趙の公子は成人である、とおもいこんでいた。

「そうにちがいない」

王子稜はつぶやくようにいったあと、なぜあの二公子が山賊に狙《ねら》われているのか、という疑念が濃くなった。趙王の正室の子があのふたりであるとはとうてい想《おも》われない。

「二公子は鉅鹿沢《きょろくたく》に狩りにきたのでしょうか」

童凜は首をかしげた。

「たぶん、そうだ……」

二公子は平装ではなく狩りの格好をしていた。が、狩りをするには、ふたりは幼すぎないか。これも王子稜の胸中に生じた疑念のひとつである。

二公子の馬車のうしろにも騎兵がいる。その数も二十余である。すなわち二公子は五十ほどの兵に護《まも》られて移動している。

——二公子の護衛兵は精鋭であろう。

たとえ山賊に襲われても、かれらは奮闘して、二公子を守りぬくのではないか。王子稜はそういう希望的観測をもったが、二公子の予想外の幼さに胸を突かれたことは否《いな》めない。

すこし首をあげた牙荅が、

「山賊どもは、なぜ、この日、この時に、あの二公子がこの道を通ることを知っているのでしょうか。あの護衛兵は、ほんとうに二公子を護りますか」

と、怪《あや》しんだ。

「まさか——」

王子稜も首をあげた。そのとき二公子の集団は視界から消え、直後に、森から黒い影が涌出《ようしゅつ》した。

「山賊です」

童凜がつい大声をだしたのも、むりはない。山賊が潜んでいたのは、この高地からさほど離れていない窪地で、そうなると昨夜は山賊のとなりでねむっていたようなものである。

——多いな。

すばやく王子稜は山賊の数を目算した。百という数にはとどかないが、八十ほどはいる。かれらは二手にわかれて二公子を挟撃《きょうげき》するのではないか。すると、二公子の前途に出現する山賊の数も八十を下回ることはあるまい。かれらが襲撃をおこなう地は、ここから遠くない。

身を起こした王子稜は、碏立を呼び、

「馬車をこの下に着けよ。武器も忘れるな」

と、命じた。うなずいた碏立が走り去ったあと、

――しまった。

という顔つきになった王子稜は、いぶかしげな牙荅に、

「あの二公子を救いたくなった。どれほどのことができるかわからぬが、とにかく二公子のあとを追う。昆剛はわが父の臣であり、召公の配下ではない。ゆえにわれの命令に従ってもらう。碏立となんじが乗る馬車に属《つ》いて、この高地の下まできて、戦闘態勢にはいるように伝えよ」

と、早口でいった。

「王子――」

あきらかに牙荅は王子稜の軽率さをいさめようとした。

ふと笑《え》んだ王子稜は、

「ここを過ぎて船に乗れば、燕《えん》にはいってしまう。生涯、幽閉されるようなものだ。

虚《むな》しく朽ちてゆくまえに、ひと花咲かせたい。といっても、馬車がここまでくるのに時がかかる。それまでに二公子が死んでいれば、われは哭礼《こくれい》して通り過ぎるまでよ」

と、いいながら、牙荅の肩を押した。牙荅も走りはじめた。

すでに山賊の影も消えた。

童凜だけを従えてゆっくりと高地をおりはじめた王子稜は、このさきに狭隘《きょうあい》な地があるにちがいないと想像した。径路までおりて北のほうをみると、路《みち》がまがっていて、人と物の影はまったくない。静かな風景である。ここから遠くないところで戦闘がはじまるのは嘘《うそ》のようである。

「王子、煙です」

童凜が東北の天空を指した。

「狼煙《のろし》だな……」

狼煙がことばに代わる合図であることはいうまでもないが、二手にわかれて二公子を急襲する山賊が、いまごろ狼煙をあげるのは奇妙である。戦闘に突入するまえに狼煙をあげれば、二公子を護衛する兵が不審《ふしん》をおぼえ、路をかえるか、引き返すであろう。

「たぶん、あれは、いま二公子を襲撃したとたれかに知らせる煙だ」

「へえ――」

童凜は感心したような声を揚げたが、口数がすくなくなった。王子稜が幼い趙の二公子を救ってやろうとする義侠《ぎきょう》の心はわからなくはないが、せっかくのいのちを、

――こんなところで殞《お》としてよいのか。

というためらいもある。そのためらいは、はじめて実戦の場に踏みこむ恐怖心でもある。童凜自身がここで死ぬかもしれない。

ただし王子稜の心情を察してみれば、

――燕で廃人《はいじん》同然にすごすのであれば、ここで死んだほうがましだ。

という自棄《じき》の意《おも》いがあろう。童凜にとって王子稜は最良の主人であり、この人を失えば、自身はふたたび奴隷《どれい》としてさげすまれ、牛馬のごとく酷使されて、弊履《へいり》のごとく棄《す》てられるだけであろう。

――周都にはぜったいに帰らない。

もしも王子稜がここで死んだら、その遺骸《いがい》を燕都まで運び、燕王に嘆願して、王子稜の墓を造ってもらい、その墓守りをして一生を終えたい。そのためにも、自分はここで死んではならない。

童凜の目つきが変わった。

頭上の天空を雲がながれてゆく。そのながれは速いのに、地上に風はなかった。

半時が経った。

まだ馬車も騎兵も現れない。

天空を仰いだ童凜は、雲をながめながら、

「王子、いま、ここから、どこへゆかれてもかまいません。ただし従者はわたしひとりですが……」

と、声を強めていった。王子稜にむかっていったというより、天に問うたつもりである。

王子稜も目をあげてながれる雲を瞻《み》た。

「雲に馮《の》りたいものだな。だが、雲に馮るためには、風を起こさねばならぬ。ここには、風がない。われの徳のなさは、この無風がおしえてくれている」

自嘲《じちょう》である。こういう自嘲をくりかえしてゆくしかない生涯を想ったとき、いまここに立って、まもなく戦場に臨《のぞ》もうとする自分には、かつてない活気がある。

「遅いですね……」

天空をながめるのをやめた童凜は、南の径路をみた。馬車と騎兵が近づいてくる音もきこえない。碏立と牙荅のあわてぶりに気づいた棠克と召公祥に出発をさまたげられたのかもしれない。それならそれでしかたがないとあきらめるしかあるまい。王子稜はここで天意を感じようとしていた。自分のやろうとしていることが天意にかなうのであれば、いかなる者もそれをさまたげることはできない。

「あれ……、音がきこえます」

童凜がみたのは北の径路である。すぐに王子稜もその音をきいた。

——交戟《こうげき》の音か。

戦場が南へさがってきた。

「そうか、二公子はまだ生きている。邯鄲《かんたん》へ帰るべく、こちらにむかって移動してきたのだ」

「王子、ここには武器がありません。高地へ登って、避難しましょう」

童凜は逃げ腰になった。

——どうすべきか。

王子稜は迷った。最初に視界にあらわれるのが趙の近衛兵と二公子の馬車であればよいが、賊兵があらわれると、のがれようがなくなる。

——高地で情勢をみきわめるのが賢明か。

王子稜が灌木《かんぼく》をつかんで斜面を登りかけたとき、

「きました」

と、叫ぶ童凜の声をきいた。きたのは牙荅と碏立の乗った馬車と昆剛の騎兵隊だけではなく、北の径路に賊兵も出現した。こういう切迫した状況では、説明しているひまはない。

「童凜、幌《ほろ》のなかに飛び込め」

そう指示した王子稜は、馬車に乗ると、剣と弓矢をうけとった。

この時点で、賊兵は背後にえたいの知れぬ兵がいることに気づいた。そのうろたえかたをみた王子稜は、

――この寡兵《かへい》が活きた。

と、直感した。賊兵は背後から襲われると察して動揺しはじめた。しかも王子稜の兵がどれほどの数であるのか賊兵にはわからない。

「ゆくぞ――」

王子稜は昆剛の騎兵に突進を指示した。

一乗の馬車と十余人の騎兵が急速に前進した。昆剛は王子稜を護るという意識が濃厚なのであろう、十余人の配下を馬車の前後左右に配し、自身が先頭となった。賊兵のなかに突入しても、その配列がさほど崩れなかったのは、配下の兵の質の良さのせ

いであろう。

昆剛は馬上で戟《げき》をふるったが、そのうなりが王子稜の耳にとどくほどすさまじい戦いぶりであった。手綱を執《と》っている牙荅の左に立った王子稜は、矢を放ち、右に立った碏立は戈《か》をにぎって、馬車に近づく賊兵を撃殺した。

馬をまえに、まえにとすすめていた牙荅が、

「二公子が、あれに——」

と、叫んだ。賊兵に囲まれながらも、近衛兵に保護されるように、じりじりと移動している馬車がある。

「二公子のために、路を拓《ひら》け」

王子稜の号令に応《こた》えるように昆剛配下の騎兵は奮闘した。が、賊兵の数はなかなか減らない。王子稜の矢が尽きかけたとき、牙荅のまえの馬が起《た》ちあがった。

「どうしたのだ」

からだのゆらぎをおぼえた王子稜の目に、馬の背に立った矢が映った。この二頭立ての馬車には副馬《そえうま》もつながれているが、矢はその馬にもあたったらしく、馬が暴走しはじめた。残念ながらこの馬車は兵車ではない。兵車であれば、馬も甲《よろい》で武装する。

馬車は林にむかって突進した。が、この林は疎林《そりん》ではなく樹木が密生《みっせい》している。そ

れぞれの馬が樹《き》を避《よ》けてわかれたため、車体が樹に衝突して大破した。

「わっ」

と、車上の三人は投げだされた。幌のなかの童凜もはじき飛ばされた。童凜は草中に深く沈んで気絶した。

王子稜は草をつかんで起きあがったが、いきなり賊兵の戟に襲われた。とっさに王子稜は剣刃で戟の刃をおさえたものの、そのまま動けなくなった。さらに賊兵の数人が林のなかに踏みこんでくるようにみえた。牙荅と碏立はすこし離れたところで闘っているようであり、おそらくかれらの視界は樹草で蔽《おお》われていて、王子稜の危うさに気づかないであろう。

力くらべとなった王子稜は、まもなく数人の賊兵に囲まれるであろうと想い、

――ここがわれの死処か。

と、多少のさびしさをおぼえたが、ぞんがい心は静かであった。そのためか、吹きはじめた風の音をきくことができた。

戟をおさえられている賊兵は、汗まみれであり、少々疲れているようでもある。それをみた王子稜はわずかながら心にゆとりをおぼえて、

「なんじはなかなかの戟の使い手だな。ここで死ぬのも、山賊にしておくのも惜しい。

どうだ、われの配下にならぬか。剣を離してやるから、いったん逃げよ」

と、いってみた。賊兵はこのおもいがけないことばに瞠目《どうもく》したが、すぐに嗤笑《ししょう》して、

「まもなく死ぬのは、そのほうではないか。まあ、なかなかの剣の使い手であると称《ほ》めてやろう」

と、いい、おさえられていた戟をあげようとした。その背後に、すでに賊兵の影がある。いや、賊兵の影のうしろに騎馬の影が出現した。昆剛配下の騎兵ではない。武器は矛《ほこ》でも戟でもなく、長刀に長い柄《え》がつけられていた。その武器をもった者が林のなかに馬を乗りいれるや、またたくまに賊兵を薙《な》ぎ倒した。

王子稜の目前にいる賊兵は、背後の異変に気づき、あきらかに動揺した。目で笑った王子稜は、おもむろに剣刃をあげて、

「逃げよ」

と、叱呵《しっか》するようにいった。いちど王子稜をみつめた賊兵は、戟を棄てて逃げ去った。直後に騎馬が近づいた。馬上の人はすばやく馬をおりた。

「王子――、おけがはありませんか」

「白海……」

跪拝《きはい》した白海は、首をあげて、

「王子を護衛する者が寡《すく》ないことを憂慮なさった劉《りゅう》公が、それがしをおつかわしになりました。それがしもひそかに王子をお護りするつもりで周都をでようとしていましたので、そのご命令は好都合でした」

と、いった。

「ああ、そういうことであったのか」

王子稜の従者は三人と限定されたので、白海はわざとそのなかにはいらず、隠れて随従《ずいじゅう》することにしたのだ。

このとき、この林のなかにも、太鼓の音がながれてきた。

——吁々《ああ》、趙兵が二公子の救助に駆けつけたのだ。

王子稜がそう感じたとおなじことを感じた賊兵は、その太鼓の音で、逃げ腰になり、ついに退いた。

林からでた王子稜は、牙荅と碏立が趨ってくるのをみたが、南の径路から急速に近づいてきた馬車と騎兵を看《み》て、腹をかかえて笑った。

「白海よ、太鼓を打ったのは、召公にちがいない」

「そのようですね」

今朝、王子稜が消えたことを棠克はしばらく気づかなかった。その後、探索をはじめたところ、もどってきた牙荅と碏立が武器を執り、馬車を発進させ、そのあとに昆剛の騎兵がつづいたことを知り、いそいで召公祥に報告した。

「王子が逃げました」

「そうかな……」

王子稜が逃亡をはかったのなら、側近だけを従えて雲隠れすればよく、昆剛の騎兵を呼び寄せる必要はない。

「趙の二公子を救助したくなったのだ」

「まさか――」

棠克はあきれた。義俠を発揮するにもほどがあろう。

「王子は運だめしをしたくなったのであろう。戦うのは、二公子のためではない。ご自身のためだ。といっても、放っておくわけにもいくまいよ」

召公祥はすべての配下を集めて訓戒を与え、武装を命じた。それからおもむろに出発したが、戦場の位置がわからないので、偵騎《ていき》をだしては、ゆるゆるとすすんだ。ようやくその位置をつかんだ召公は、ためしに太鼓を打った。この機転が、攻め疲れていた賊兵を崩した。老練《ろうれん》といってよい。

召公祥は、二公子の馬車に近づいてゆく王子稜を、車上から視た。

王の書《しょ》翰《かん》

趙《ちょう》の二公子を護《まも》りぬいた近衛兵《このえへい》は、五十人のうち十数人が死傷した。王子稜《りょう》とともに戦った昆剛《こんごう》配下の騎兵には、死者はでなかったが、負傷した者が四、五人いた。

遠征であれば戦死者を帰国させるための柩車《きゅうしゃ》が用意されるが、ここにはそれがないため、死者となった趙の騎兵は馬の背に乗せられた。山賊の死者はさらに多い。三十余人が死体になった。それらの死体は集められて地中に埋められた。賊兵であっても野晒《のざら》しにしない処置を命じた人物は、いかにも謹直《きんちょく》といった容姿をもち、王子稜を二公子のもとに招いた。

「われは趙の公子の傅相《ふしょう》で、周詔《しゅうしょう》という。そのほうの援助で、公子はもとよりわれら家臣も窮地を脱することができた。そのほうは賈人《こじん》のようにみえるが、趙の者であるまい。名は、なんという」

「はっ――」

王子稜はやむなく二公子と周詔にむかって片膝《かたひざ》をついて頭をさげたが、

——周《しゅう》の王子であるわれが、趙の公子ごときに低頭するのか。

と、内心阿呆《あほ》らしくなった。

かつて中華の全土で王として尊崇《そんすう》されていたのは、周王ただひとりであった。趙王の先祖は、晋《しん》国の君主に仕えていた重臣のひとりにすぎず、周からみれば陪臣《ばいしん》であった。その陪臣の魏《ぎ》氏と韓《かん》氏と趙氏が主家をしのいで、晋という大国を三分して領有してしまった。ゆえに、魏、韓、趙という三国を、

「三晋」

とも呼ぶ。その三国が隆昌《りゅうしょう》すればするほど、周の国威は衰えた。しかも魏の君主が東方の斉《せい》の君主と、

「王」

と、呼びあったため、他の国の君主もその二王にならって、王、という呼称を用いた。それによって、王は周王のみ、という鉄則がこわれた。それでも、諸王の精神のかたすみには、

——真の王は周王だけである。

という認識が残っているのか、弱体化した周をあからさまに潰《つぶ》しにくる国はいない。周にとって始末が悪いのは、内紛である。

王子稜には、周王室の衰退を哀《かな》しむ心があるものの、勁《つよ》い自尊心がある。が、ここでおのれの正体をあかすわけにはいかないので、とっさに仮名を用いた。

「公孫龍《こうそんりょう》と申します」

周都を発《た》つまえに、召《しょう》公祥《しょう》が、

「この商隊は、龍、ということにする」

と、いったことを憶《おも》いだしたからである。また公孫という氏は、文字通り、君主の孫を指すが、君主の孫が建てた家に生まれた子孫もその氏を襲用《しゅうよう》するようになったので、公孫氏は全土に増え、平民がつかう氏にまで零《お》ちた。

さらに王子稜は、

「われらは燕《えん》までゆき、荷を受け取って、周都へ運ぶ者です。途中の中山《ちゅうざん》には賊が多いとききましたので、屈強の者をそろえております。われらの微力がお役に立ったのであれば、喜ばしいかぎりです」

と、鄭重《ていちょう》に述べた。せっかく趙の二公子を助けたのに、周招に怪《あや》しまれてはたまらない。

このときまで黙って王子稜を視《み》ていた年長の公子が、口をひらき、

「公孫龍とやら、そなたに褒美《ほうび》を授けたい。邯鄲《かんたん》までくるように」

と、澄んだ声でいった。

「それは……」

わずかに苦笑した王子稜は、

「かたじけない仰《おお》せですが、さきをいそぎますので――」

と、すこしあとじさりをみせて、辞退した。が、その公子は、

「そなたの馬車は、こわれてしまい、しかも馬を失ったではないか。それでは、燕へゆけまい」

と、いった。十歳前後の少年の観察眼としては非凡である。

「たしかに一乗の馬車は失いましたが、三乗の馬車はぶじです。お気づかいをなさらぬように――」

公子は王子稜の謙虚さと無欲さが気にいったらしく、周紹にむかって、

「われらの二乗の馬車を、公孫龍に授ける。われと弟は馬に乗って邯鄲に帰る」

と、命じた。公子にむかって拝《はい》の礼をした周紹は、王子稜に近づいて、

「せっかくの公子のご厚意だ。受けておけ」

と、微笑しながらいった。

「わかりました。ありがたく頂戴《ちょうだい》します」

そういいながら王子稜は、趙の公子の利発さと情の篤《あつ》さに感心した。ただしその公子が趙王の嗣子《しし》であるにしては幼すぎる。

二公子と騎兵の集団を見送った王子稜の耳もとで、牙荅《がとう》が、

「童凛《どうりん》がみあたりません」

と、ささやいた。顔色を変えた王子稜は、昆剛とその配下に、

「童凛をみつけよ」

と、いった。召公祥と棠克《とうこく》はこのたびの王子稜の敢為《かんい》をたたえるどころか、よけいなことをなさるものではない、といわんばかりに苦い顔をむけ、近寄ってこない。

――われは召公の機嫌をそこねたらしい。

王子稜はそう感じたが、これをよけいな行為でなく敦厚《とんこう》をふくんだ勇気の表現であるとたたえるほどの器量の大きさが召公祥にあってもらいたい、と王子稜はおもった。召公祥も父の赧王《たん》を支える重臣のひとりであるかぎり、狭量《きょうりょう》であってはこまる。

林のなかにはいった王子稜は、

「童凛がいました」

と、叫ぶ兵の声をきいた。

――死んだのではないらしい。

ほっとしつつ、その声にむかって歩をすすめた王子稜は、起きあがったばかりの童凜をみた。蹌踉《そうろう》としている。気を失っていたにちがいない。

「童凜、賊は去ったぞ」

「あっ、王子――」

童凜は草の上に両手と両膝をついた。めまいがするらしい。

王子稜は草の上に坐《すわ》り、

「すぐに起《た》たなくてよい。腹が減ってきた。このあたりで昼食としたい」

と、いい、ふりむいて、近くの兵に、

「昆剛と召公に、昼食を摂《と》ってから発つ、とつたえよ」

と、命じた。その兵といれかわるように牙苔が近づいてきた。かれは童凜がぶじであったことを喜び、

「さきほど棠克と話しあって、船に乗るのは明日ということにしました。今日は、おいそぎにならなくてよろしい」

と、告げた。

「わかった」

うなずいた王子稜は、草の上に偃《ふ》せている童凜の背なかを撫《な》でた。それをながめた

牙荅は、

——おやさしいかただ。

と、目を細めた。この時代にかぎらず、貴人が卑人《ひじん》というべき奴隷《どれい》をいたわることは、めったにない。主人から過度に寵幸《ちょうこう》された奴隷は、身のほどとわきまえを忘れて、家中に害悪《がいあく》をまきちらす奸臣《かんしん》になる場合が多い。童凜は根が善良であるから、成長しても、奸悪な臣にはならないであろうし、だいいち、燕に住むことになる王子稜に、多数の家臣をかかえられる大廡《たいぶ》が燕王から与えられるはずがない。人質となって他国で暮らす公子は、多少の例外はあるにせよ、概《がい》して貧しい。

——われもその貧しさに耐え、燕の地に骨をうずめることになるのか。

牙荅にとっても、この旅はやるせない。

王子稜を傅育《ふいく》してきた者としては、その偉器《いき》に気づき、

「この王子が、つぎの周王になられたら——」

という意望が大きくなった。が、王子稜の身が燕へ遷《うつ》されるということは、王位継承の席からはずされたということであり、帰国することはもとより、太子になることはさらにむずかしくなった。

「天は、この王子の才徳を、北の辺陬《へんすう》で腐らせるだけなのか」

牙荅は心のなかで天に問うた。

このとき、急に上体を起こした童凜が、王子稜の腕をつかみ、

「王子、匣《はこ》を、匣を、失いました」

と、烈《はげ》しくいった。

「匣……、ああ、書翰《しょかん》のはいっている、あの匣か」

牙荅に目くばせをした王子稜は、ふたりだけで林のなかを捜しはじめた。砕け散った車体の残骸《ざんがい》を丹念にみてゆくしかない。やがて、

「ありました」

と、声を揚げた牙荅の手に、破損した匣があった。こわれていたのは匣だけではない。なかの書翰も革《かわ》の紐《ひも》が切れていた。文字が書かれた木簡《もっかん》をそろえ直そうとした牙荅の手が止まった。

「王子――」

木簡をさしだした牙荅の手だけではなく、声もふるえた。

書翰を受け取る燕王しか読んではならない文章ではあるが、牙荅の深刻な表情をみた王子稜は、怪訝《けげん》な顔でそれを読みはじめた。

「まさか――」

王子稜はおもわず嘆声を発した。指もふるえた。めまいさえおぼえた。

書翰の内容はこうである。

王子稜の性質は、幼いころから曲木《きょくぼく》のようで、まっすぐに直そうとしてもかなわなかった。ちかごろ、その木は毒のある果実をつけ、家中の者を害し、手に負えなくなった。その木を伐《き》るまえに、母の国である燕の地へ移したらどうかという進言があり、それを容《い》れることにした。王子稜は悖悪《はいあく》の子であるので、燕に着いたら、燕王によって殺していただきたい。忍びぬ、とお思いであれば、牢獄にいれてけっして外にださだされぬように。外にだせば、燕に祟《たた》りをなすでしょう。牢獄《ろうごく》にいれてけっして外に

この全文を読み終えた王子稜は、わめいて、烈しく書翰を擲《なげう》った。

その悲痛な声は、あたりの木の幹を割《さ》き、地を穿《うが》ったほどであった。王子稜は狂乱した。

それをみた牙苔も、気が動顚《どうてん》した。かれは書翰の全文を読んだわけではなく、わずかにみた文章に悪意が籠《こ》められていると察しただけである。それでも、まさか、とおどろいた。

が、王子稜の尋常ではない容態をまのあたりにすれば、不審とおどろきが増大した。

牙苔は草の上を這《は》って、放擲《ほうてき》された書翰をみつけると、いそいで全文に目を通した。

——こんなことがあろうか。

一瞬、呆然《ぼうぜん》とした。

王子稜が赧王に愛されていたことは、まちがいない。赧王が王子稜を悪徳で粗暴の子とみて殺すつもりであったが、燕に送って、燕王に殺させようとしたなどとは、どう考えても、腑《ふ》に落ちない。

——これは陰謀《いんぼう》だ。

首を揚げた牙荅は、王子稜を目で捜した。

「吁々《ああ》、あそこに……」

王子稜は拳《こぶし》から血がでるほど木の幹をくりかえし叩《たた》いている。

——むりもない。

たぶん王子稜は父から棄《す》てられたという絶望感にうちのめされているのであろう。

そう想《おも》った牙荅は、涙をうかべながら、無言で王子稜に近づき、背後から両腕をおさえた。とたんに、王子稜のからだのふるえがつたわってきた。

しばらくふたりはそのままでいた。

やがて王子稜は、

「われは、ここで、賊と戦って、死ねばよかった」

と、心のうつろさをかくさぬ口調でいった。牙荅は王子稜の心の蹙竦《しゅくしょう》を充分に理解しながらも、その心をはげまし、自分を奮《ふる》い起《た》たせるためにも、

「王子をおとしいれる陰謀があったのです」

と、あえて強い声でいった。

「陰謀……。あの書翰は、王が手ずからわれにお授けになった。匣も、王室専用のものだ」

「たとえ、そうであっても、解《げ》せぬ、というしかありません。召公は、王子を護送する任をみずから求めたようです。この書翰の内容が王子に知られた場合、途中で、王子を暗殺するという黠智《かっち》を秘めているのではありますまいか」

「召公が、われを亡《な》きものにせんとする謀主《ぼうしゅ》か。それならわれは召公に斬られてやろう。ただし、そのまえに真相を知りたい。召公とふたりだけになる場を設けてくれ」

王子稜は牙荅の腕をふりほどいた。

林の奥に、莚《むしろ》が敷かれた。その上に光の雫《しずく》が落ちている。

さきに莚の上に坐った王子稜は、目をすえて召公祥を待った。

音がした。草を払う音である。幹と草のあいだに黒い影が生じた。それが召公祥で、剣を片手に、ゆっくりと近づいてきた。かれが莚の上に坐ったとみるや、王子稜は剣

をぬいて、剣鋒《けんぽう》を胸もとに突きつけた。

が、召公祥はわずかに上体をそらし、片眉《まゆ》を動かしただけで、

「なにをなさる」

などとは、いわなかった。王子稜は片手で書翰をみせて、

「これは、どういうことか、説明してもらおう」

と、烈しくいった。

ようやく口をひらいた召公祥は、

「よくわかりませんな。なんですか、その書翰は――」

と、冷《ひ》えた声でいった。

「読まずとも、わかっていよう。そなたが書かせたものだ」

「存じません。拝見したい」

召公祥は片手を伸ばした。その手に書翰を載《の》せた王子稜は、剣をすこし引いた。すばやく全文を通読した召公祥は、目をあげると、

「これは偽書《ぎしょ》です」

と、きっぱりといった。

「そなたが作らせた――」

「なるほど、その誤解が、その剣ですか……」

召公祥の目に笑いが浮かんだ。

「信じてもらえぬかもしれませんが、わたしは王子が燕へ送られることに反対した者のひとりです。それでも王の決定があったので、陰謀のにおいを感じ、道中に暗殺者が伏せていることも予想できたので、護送の任をすすんで受けました。しかし、王の書翰にしかけがあるとは、みぬけなかった」

これは、いいのがれではない。王子稜の耳はそうとらえた。

おもむろに剣を斂《おさ》めた王子稜は、

「失礼なことをした。悖悪な子、とは、よくいったものだ。われを護ってくれる大夫《たいふ》に剣をむけるとは、まさに悖悪でしかない」

と、自嘲《じちょう》した。

この態度の改めかたに王子稜の心の風景をみたおもいの召公祥は、

――この王子を王室が失ったことは、痛恨事となろう。

と、暗然とした。召公祥は王朝において参政の席にいるわけではないが、有力な大夫のひとりである。召公祥の遠祖は、周王朝が樹立したころに、武《ぶ》王と成《せい》王を輔《たす》けた召公奭《せき》であるといわれている。しかも召公奭の子孫は王朝に残った者と地方にでた者とがあり、その地方転出者が樹《た》てた国が、燕である。燕は、正確には、南燕と北燕とがあった。が、南燕の滅亡は早く、北燕だけが残った。ゆえに北燕を、燕という。

　王子稜の生母が燕の公女であったことから、召公祥は同姓のよしみをおぼえていたが、その公女が産んだ王子稜を実際に観《み》たことはいちどもなく、評判をきいただけである。この旅で王子稜を観察するうちに、

　——評判以上の偉器だ。

　と、おもうようになった。これほどの王子を北の果ての国へ遣《や》ってしまうのは、王室の大損害になるのではないか。いや、王子稜がこれほどの器量であるがゆえに、王の後継の席からはずしたい勢力が王の近くにある。それがこの書翰であきらかになった。

「さて、困りましたな」

　と、召公祥はいった。この書翰を棄てて燕に入国することはできる。しかしながら、王子稜がまことに赧王の子である証拠がない。召公祥もかつて燕に使いをしたことがなく、知人はひとりもいない。すると、当然のことながら、燕の朝廷は到着した主従が本物かどうかを、周王室に問い合わせる。

　周王の近くにいる狡猾《こうかつ》な謀主は、王子稜が書翰の内容を知ってそれを棄てたと察知

し、

「到着した王子は贋者《にせもの》です」

と、答え、王子稜を燕で処刑させようとするであろう。

かといって、ここから周都へ帰るわけにはいかない。王子稜を燕へ送るというのは、赧王が同意した王朝の正式決定なのである。

「進退きわまった、とは、まさにいまのわれか……」

目をあげた王子稜には冥《くら》さしかみえなかった。

「王子を生かすも殺すも、天意しだい、とはいまをいうのでしょう。しかしこの危難がすでに天意のあらわれではありますまいか」

これは召公祥のひそやかな励声《れいせい》である。

「どういうことか」

「天が王子を殺したいのなら、書翰のはいった匣がこわれるような事態を生じさせず、燕に到着させたでしょう。さらに天は、王子をつかって趙の二公子を救助させた。あの趙の二公子も天に救われたのであり、王子は人助けをして陰徳《いんとく》を積まれた。これらのことはすべて偶然でしょうか」

「偶然でないとすれば……」

「かならず予想外のことが生じます。むやみに動かれず、天意に従われるのがよろしい。かならず天は王子にすすむべき方向を示すでしょう」

そういった召公祥は、赧王の書翰が偽書であるなら、ここであらたな偽書を作って燕の王宮に乗り込むことも想わぬではなかった。だが、たとえそれが成功したところで、王子稜は人質になるだけで、その才徳を発揮する場にめぐまれることはあるまい。

――天はそれを望んでいない。

召公祥はそう確信した。では、どうすべきか。考えはじめたとたん、内心に苦笑が生じた。人智《じんち》などは、天意のかけらも知ることはできまい。

「風にも、天の声がまじっていることがあります。心を無にして待たれるがよい。三日待って、王子の心がなにも聴かず、なにも視えなかったら、燕へゆくしかありますまい」

召公祥は起った。すぐには歩きださず、書翰をもったまま、

「三日もここにとどまれば、かならず昆剛が不審の念をいだきます。あの者は、王子のご命令に従って賊と戦ったのですから、この陰謀に加担してはいないでしょう。書翰を読ませて、疑念を生じさせないようにします」

と、いった。

「たのむ」

独《ひと》りになった王子稜は、しばらく心をうつろにして莚の上に坐っていた。

——天の声を聴け、か……。

そう自分にいいきかせるのがせいいっぱいで、心身が脱力感に満ちた。やがて、莚の上に横になった王子稜は泣いた。たとえ陰謀があったにせよ、自分が父から棄てられた事実は変えようがない。隠者は、まだよい。隠者はおのれの意思で世を捨てた者だ。が、いきなり世を棄てさせられた者は、生きるという意望をもちようがない。風に落とされ、水にながされる木の葉のようなものだ。そういう木の葉ひとつに、なんの価値もない。

すっかり林のなかが暗くなったとき、牙荅がおそるおそる近づいてきた。

「食事をなされませ」

横になったままの王子稜は、

「人は、三日食べなければ、死ぬかな」

と、乾いた声でいった。

「なにを仰せになりますか。王子がお亡くなりになったら、われらも死ぬことになります。冥府《めいふ》までお従《とも》をする者がいることを、お忘れにならないでいただきたい」

と、いって上体を起こした王子稜は、坐りなおして、われは自身のことしか考えなかった、愚浅《ぐせん》そのものだ、ゆるせ、と頭をさげた。

それをみた牙荅は恐縮しつつ、

「ここに三日とどまることになったようですが、召公とはどのようなことを話しあわれたのですか」

と、問うた。

「この危難は天意によるものであるから、むやみに動かず、天意の指示、あるいは暗示を待つべきだ、というのが召公の意見であった。われはそれを賢慮《けんりょ》と感じ、それに従うことにした」

「なるほど、賢慮です」

牙荅は得心がいった。同時に、召公祥の胆力と知力に温かみがあることを察した。

実際、王子稜が停止したことで、別の運命の道が拓《ひら》かれることになる。

太子の席

鉅鹿沢《きょろくたく》のほとりから邯鄲《かんたん》までの間は、ふつうに歩けば、二日半という距離である。趙《ちょう》の二公子は、馬に乗っている。護衛の兵もすべて騎馬ではあるが、山賊と戦って死んだ兵を馬の背に乗せてはこんでいるので、この集団は緩慢《かんまん》に移動するしかない。

日没まえに周貂《しゅうしょう》は停止を命じた。露宿《ろしゅく》である。

周貂の佐官の周蒙《しゅうもう》は馬上で考えあぐねたような顔つきをしていたが、その停止の声をきくとすかさず馬をおり、周貂に近づいて、

「ちょっとお話があります」

と、いい、兵に立ち聞きされることを嫌うように、すこし歩いて路傍で足をとめた。

周貂もなにやら浮かぬ顔をしている。それをみた周蒙は、

——もしや、同じことを考えているのでは……。

と、意《おも》いつつ、

「あの山賊の襲撃は、仕組《しく》まれたことではありませんか」

と、いってみた。おそましい想像であるが、そう想《おも》わなければ、腑《ふ》に落ちないこと

がいくつかある。

「ふむ、われも、そう考えるようになった」

山賊が襲うのはおもに商隊で、それと趙の二公子を護衛する集団をまちがえるはずがない。

――かれらは最初から趙の二公子を狙《ねら》っていた。

また山賊は旗色が良ければかさにかかって攻めてくるが、旗色が悪くなればすぐに退く。山賊の戦いかたとはそういうもののはずであるが、あの山賊は劣勢になっても粘り腰で戦った。

――あれはほんとうに山賊であったのか。

そういう疑念が周紹にはある。趙の王室に怨《うら》みをいだく族が待ち伏せしていたと想うほうが自然である。しかしながら、趙の二公子がいつ王宮をでて、どのような道順で鉅鹿沢へむかうとかれらが知ることは至難である。

「二公子に狩りをせよ、とお命じになったのは、王である、というのはまことですか」

周蒙は念をおした。

「まことだ。戎衣《じゅうい》をつけられた王が王宮を発《た》たれる際に、わざわざ公子何《か》さまをお呼びになり、われが帰ってくるまでに狩りをしておくように、と仰《おお》せになった」

「その場に公子章《しょう》さまと公子勝《しょう》さまもおられたのですか」

趙の武霊《ぶれい》王は名を雍《よう》といい、三人の男子を儲《もう》けた。長男は公子章、次男は公子何、三男は公子勝という。子に関していえば、ほかに女子（公主《こうしゅ》）もいる。

「公子章さまはその場におられた。が、公子勝さまは……。さて、どうであったか。たぶん、おられなかった」

周紹は公子何の傅佐《ふさ》であり、公子勝の挙止《きょし》までは目がとどかない。

「すると、王のおいつけで狩りにゆかなければならないのは、公子何さまだけで、またそれを知っていたのは公子章さまだけ、ということですね」

「ふむ。公子何さまと公子勝さまは、たいそう仲がよろしいので、公子何さまが公子勝さまを狩りにお誘いになった」

「それは、わかります。が、問題は二点です。ひとつは、なぜ王はこの時期に公子何さまに狩りをせよとお命じになったのか。公子何さまは、まだ十一歳です。いまひとつは、鉅鹿沢のほとりに狩りにゆくようにお定めになったのが、王でなければ、どなたであるのか」

周蒙がそういうと、周紹は話を打ち切るように手を揚げた。

「つづきは、明日にしよう。われは公子のもとにもどらねばならぬ」

周紹の脳裡《のうり》には想念がからみあっている。周蒙の矢継《やつ》ぎ早《ばや》の質問に応対できる心の構えができていない。

「狩りにゆくのなら、鉅鹿沢がよい」

そういいだしたのは、公子何自身である。が、よくきいてみると、

「兄上に勧《すす》められた」

ということであった。その兄上とは、むろん公子章である。公子章と公子何は生母がちがう。公子章の生母は韓《かん》の公女で、武霊王の后《きさき》となった。ところがそれから十余年後に、武霊王は臣下の女《むすめ》である孟姚《もうよう》を寵愛《ちょうあい》するようになり、孟姚が公子何を産んだこともあって、ついに孟姚を后の席に陞《のぼ》らせた。この人は、

「恵后《けいこう》」

と、呼ばれる。

——しかし恵后は去年お亡《な》くなりになった。

公子何は大きな後ろ楯《うしろだて》を失ったといってよい。その直後に、周紹は武霊王から、

「なんじが公子何を傅佐せよ」

と、命じられた。なお公子勝の生母は恵后ではなく、ほかの妃妾《ひしょう》である。

——公子章さまが、公子何さまを……、まさか……

五年まえに武霊王が中山《ちゅうざん》を攻めたとき、周袑は右軍《ゆう》の将となった。そのとき、十六歳の公子章が中軍《ちゅう》を率いた。中軍は王族の軍であり、全軍の要《かなめ》である。その指揮を公子章にまかせた武霊王の意中にあったことは、

——公子章がわれの後嗣《こうし》である。

ということではなかったのか。げんに公子章は王宮内の東宮《とうきゅう》に住んでいる。東宮が太子の住居であることは、旧《ふる》くからの常識である。そうであれば、公子章が公子何を闇《やみ》に葬《ほうむ》りたい理由がみつからない。

二公子の近くで一夜をすごした周袑は、翌朝、周蒙と馬をならべてすすんだ。いきなり周蒙は、

「たくらんだのは、田不礼《でんふれい》ですよ」

と、断言した。夜間、考えに考えてだした答えがこれである。

田不礼は公子章の傅相《ふしょう》である。ひとくせもふたくせもある人物で、家中での評判はよくない。たしかに田不礼は公子章のためなら、この公子の前途を蔽塞《へいそく》する者を容赦なく抹殺《まっさつ》するような陰黠《いんかつ》さを発揮するかもしれない。だが公子章は公子何の兄である。弟が兄にとって危険な存在に

なっているとはおもわれない。そう考える周紹は、

「田不礼が公子何さまを殺したがる理由がない」

と、いい、首をゆるやかにふった。

幽《ほの》かに笑った周蒙は、

「理由はありますよ。あなたさまが、その理由です」

と、謎《なぞ》をかけるようにいった。

「われが……、どんな理由になるというのか」

周紹は眉《まゆ》をひそめた。

「ご自身の尊厳は、ご自身ではおわかりにならない」

「われの尊厳とは、どこにそんなものがある」

さすがに周紹は失笑した。

「よろしいですか。先年の中山攻めで、あなたさまが帥《ひき》いられたのは、趙軍のなかでも最精鋭の右軍です。その将であったあなたさまは、趙の勇将であり、戦功の大きさから、趙王室の氏である、趙、を趙王から授けられました」

「ふむ……」

周紹はそのことによって、趙招とも呼ばれ、王室の連枝《れんし》となった。

「それほどの器才であるあなたさまを、あえて軍籍《ぐんせき》からはずして、公子何さまにお付けになった趙王の意図《いと》はなんでしょうか」

「さて、それは――」

「一考なさるまでもありますまい。公子何さまを嗣王《しおう》になさる内意が、趙王にお有《あ》りになるからです。趙王はいまだに太子を決定なさっていないのですよ。田不礼はそれに不安をおぼえ、あなたさまが公子何さまの傅相になられたことで、公子章さまをおびやかす者たちを一掃すべく、悪計を立てたのです」

「そうかな」

と、周紹はあえていってみたが、心のなかでは周蒙の推理通りかもしれぬとうなずいた。だが、公子何はまだ十一歳であり、太子に認定されるとしても、数年後であろう。田不礼の焦《あせ》りは、理解しがたい。

「そうですとも。趙王が帰還なさるまでが、田不礼にとって勝負の時なのです」

「また、わかりにくいことをいう」

「この狩りが重要なのです。趙王がみずから公子何さまに、狩りをしておけ、とお命じになったということは、諸臣を率いる準備をしておけ、という諷意《ふうい》がこめられていたのです」

「ああ、そういうことか」

ここまで甘さをふくんでいた周昭の意識が、急に辛《から》くなった。

武霊王という王は、戦法の合理化をすすめるために、胡服《こふく》の採用を決定した。胡服とは、北方の狩猟民族が着用している衣服で、騎馬に便利な袴《はかま》というより、ズボンを想ったほうがよいであろう。中華の貴族は、衣裳《いしょう》、の着用が常法で、裳はスカートのようなものであるから、馬にじかに乗ることさえ嫌った。それゆえ貴族は武装した馬車、すなわち兵車に乗って戦場におもむいた。が、趙のように山川《さんせん》の多い国で、しかも敵が騎馬民族となると、とても従来の戦法では克《か》てず、騎馬戦を想定した衣服に変えた。これはこの時代では奇想にあたり、伝統を踏《ふ》み外《はず》すかたちになったので、反対する声が多く揚がったものの、武霊王はそれらの声をおさえて、断行した。結果としては、趙の軍事力は飛躍的に上昇し、機動力においては中華で尤《ゆう》なる軍となった。そのように旧弊や古い常識を嫌う武霊王が、どれほど幼くても公子何を太子に定める可能性がある、と周昭は意識をあらためた。

――田不礼はどうしても公子章さまを趙王の嗣子《しし》にしたいのだ。

それを実現するためには、公子何を殺してしまえばよい、というのが田不礼の簡《かん》捷《しょう》な意想であり、不敵《ふてき》にもそれを実行した。

——二公子だけでなく、われもいのちを殞《お》とすところであった。

周貂はあらためて戦慄《せんりつ》した。

「蒙よ、よく気づかせてくれた。しかし、王のご帰還は晩冬か来春になろう。それまで、われらはどうすべきか」

「あなたさまとわたしだけで、公子何さまを護《まも》りぬけますか。東宮には衛兵が配備されていますが、公子何さまの宮室には衛兵はおりません。また、この襲撃が失敗したと知った田不礼は、かならずつぎの手を講じましょう。刺客を公子何さまの宮室に忍び込ませる手があり、毒殺するという手もあります」

「ああ、あやつは、そこまでするか……」

周貂は頭をかかえたくなった。

「わたしが公子何さまの宮室に泊り込むことはできますが、あとは信用のできぬ僕婢《ぼくひ》ばかりです」

たしかにその通りで、その僕婢を選定したのは周貂ではない。また、周貂の家臣を王宮内に住まわせることはできない。周蒙は周貂の家臣同然なので、公子何の宮室に住み込むことは違法になるかもしれない。

「困った」

周紹は馬を駐《と》めて天を仰いだ。雲のながれが速い。

その困惑の容態をながめていた周蒙は、意中にある策をおもむろにだした。

「公子何さまが賓客《ひんかく》をお招きになり、その賓客に公子何さまを護ってもらう、というのはどうですか」

客室が公子何の宮室に隣接していることを周蒙は知っている。

「賓客……。どこに、そのような人がいるのか」

「あの公孫龍《こうそんりょう》ですよ」

意表を衝《つ》かれたおもいの周紹は、失笑ぎみに笑った。

「あの者は、商賈《しょうこ》だぞ」

商は行商人で、賈は店を構えてあきないをする者をいう。公孫龍がそのどちらであるかがわからなかったので、商賈といったのである。

「ただの商賈ではありませんよ。ごらんになったでしょう、かれらの武技《ぶぎ》を――。また、公孫龍の容姿もすぐれていた。いまは商賈でも、かつては名族であったにちがいありません。かれと配下が、二公子を救ってくれたことは、まぎれもない事実です。あえていえば、天が公子何さまを祐《たす》けるために公孫龍をつかわした、そう想われませんか」

「公孫龍を天祐《てんゆう》とみるか」

周招はうなった。天の祐助《ゆうじょ》が人と化して出現したのに、その人を手放すことは、天祐を不要とみなすことになり、以後、二度と天祐を得られなくなる。

「わかった。なんじの言《げん》も、天がいわせていることかもしれぬ。しかしながら、公孫龍は燕《えん》へゆくと申していた。いまから追いかけても、追いつけるか。陸路ではなく水路を選び、船に乗ってしまったら、とても追いつけまい」

「天が公孫龍をおつかわしになったのなら、かならず追いつけるはずです。そうならなかったら、公孫龍は天意とは無関係であったということです」

周蒙は馬首をめぐらそうとした。

「待て、公孫龍は商賈であるかぎり、財を求めており、義侠《ぎきょう》がすべてではない。燕へゆくのをやめさせて邯鄲にこさせるには、かれが得るはずの利益をうわまわる財を与えねばなるまい」

「むろんです」

周蒙は馬上で大きくうなずいた。

「どこに、そんな財があるか」

「はは、ありますよ」

「われの知らぬことを、なにゆえそなたが知っている」

公子何の私財を管理しているのは周祒なのである。

「たしかめたわけではありませんが、去年お亡くなりになった公子何さまのご生母が、遺財《いざい》を寺人《じじん》の祒《りょ》に託《たく》された、とききました。その遺財は公子何さまがおつかいになってよいものでしょう。寺人の祒に問訊《もんじん》なさるべきです」

「そうか。そうであったな」

公子何の生母である恵后の遺財は、後宮に保管されたままである。それは公有でなく私有の財なので、周祒の管理下に移されるべきである。

「よし、公孫龍をかならず招いてくれ。事情を公子何さまに告げ、公子何さまの口から宰相《さいしょう》の肥義《ひぎ》どのに伝えてもらうことにする。急げ」

と、鞭《むち》を挙《あ》げた周祒は、周蒙に四騎の騎兵を属《つ》けた。

この五騎は北へ向かって急行した。

鉅鹿沢のほとりにとどまっている王子稜と従者は、昼すぎに、蹄《ひづめ》の音をかすかにきいた。

「召《しょう》公、馬が近づいてくる。あれが、天命の音であろうか」

「一陣の風にも天意が籠《こ》められています。まして騎馬の音です。あれは、あなたさまをお招きする趙の使者です」

召公祥《しょう》は予断した。

「われは、どうすればよいのか」

「まあ、わたしにおまかせを――」

まもなく到着する騎兵が、公子何を傅佐している周招の内意を承《う》けていることは想像がつく。が、周招の真意をさぐってから、否《いな》か応《おう》の返答をするのが王子稜のためである、と召公祥は気構えをあらたにした。

馬上の周蒙は、公孫龍の商隊が昨日とおなじ位置にいることに喜ぶと同時に不審をおぼえた。

召公祥は棠克《とうこく》と牙荅《がとう》に目くばせをした。ここは、わたしと王子稜さまだけにまかせよ、と目で指図をした。

おもむろに歩きはじめた召公祥は、馬からおりた周蒙に軽く頭をさげると、

「どうなさいました」

と、さりげなく問うた。周蒙は召公祥の後方に公孫龍がいることをすばやく確認すると、

「われは趙王の臣で、周蒙という。公子何さまの傅相の佐官である。公孫龍に頼みご

とがあって引き返してきた。まさか、そのほうどもがここに止留《しりゅう》しているとは想わなかった。燕へむかったのではなかったのか」

と、早口でいった。

——頼みごとか。ちょっと、おもしろくなってきた。

内心、微笑した召公祥だが、わざと愁眉《しゅうび》をみせて、

「昨日の戦いで、割り符を失ってしまったのです。それがないと、燕へ行っても、荷をうけとることができません。早朝から捜しているのですが、まだみつからず、当惑しているのです」

と、いった。大噓《おおうそ》である。しかし、この大噓が周蒙を喜ばせた。

——天が公孫龍を足留《あしど》めした。

心がふるえた周蒙は、

「公孫龍とふたりだけで話がしたい」

と、いい、歩をすすめようとした。すかさずその歩みをさまたげた召公祥は、

「わたしは子祝《ししゅく》といい、主人から商隊の宰領《さいりょう》をまかされています。主人にお話があるのでしたら、わたしを通していただきましょう」

と、強気をみせた。

「わかった。そのほうを加えた三人だけの蓆《せき》を作ってくれ」

小さくうなずいた召公祥は、すぐに配下に命じて、林のなかに莚《むしろ》を敷かせた。

「ああ、ここは涼しいな」

と、いいながら坐《すわ》った周蒙は、ひとつ咳払《せきばら》いをした。王子稜と召公祥は黙然《もくぜん》として
いる。林のなかにはいるまえに、召公祥は王子稜の耳もとで、

「けっして物欲しげな顔をなさってはいけません」

と、ささやいた。たぶんこの話し合いは、こちらが優位にある、と召公祥は踏んだ。

足もとをみられると、その優位を失う。

「さて、なにから話そうか。なにしろ事情が複雑なのでな」

周蒙はことばを選び、おもに公子章と弟の公子何がおかれている立場と現況について語った。

「昨日の襲撃は、公子章さまの関知しないところで、傅佐である田不礼の独断でおこなわれたことかもしれぬ」

周蒙がそういうのをきいた王子稜は小さく膝《ひざ》を打った。

「襲撃が開始されたころ、狼煙《のろし》が上がったのです」

「それは気づかなかった」

「襲撃がはじまったことを確認する者が、近くまできていて、狼煙をみるや、事が成ったと早呑《はやの》み込《こ》みをし、結果を知らず、報告のために邯鄲へ走ったのでしょう」

王子稜の推量は確信にかわりつつある。

「そうにちがいない。暗殺をたくらみ、賊に指示を与えた首謀者が、けっして自身の姿をみせないための工夫がそれだ」

「その首謀者が、田不礼ですか」

「二公子と周紹どのが消えて喜ぶのは、かれしかいない」

王室内の後継者争いは、どの国にもあるものだ、とおもった王子稜だが、そんな話をするためにここに急行してきた周蒙の本意がわからない。

「それは、よくわかりましたが、あなたさまはわれらになにをお求めですか」

「ふむ、公子何さまは、そなたに褒美《ほうび》をさずけたいと仰せになった。憶《おぼ》えているか」

「むろん――」

「公子何さまは、二乗の馬車をそなたにお与えになったが、それでは足りず、賓客としてもてなしたいと仰せだ。邯鄲の王宮にきてもらいたい」

王子稜は微《かす》かに笑った。

「われらは荷を受け取るために燕へゆくと申したはずです。そのご招待は、おうけしかねます」

ここまで黙っていた召公祥が、突然、笑い、周蒙をみつめたまま、

「隠《かく》し事《ごと》は、やめましょう。ほんとうのとこは、そんな甘いものではない」

と、強い語気でいった。

しばらく黙考していた周蒙は、ひとつため息をつくと、

「なんじらを騙《だま》すつもりはない。賓客として王宮にきてもらい、王がご帰還になるまで、公子何さまを護ってもらいたい。それができるのはなんじらしかいないという実情があり、また、やりぬいてもらえば、なんじらが荷の運搬で得る利益の十倍をさずけよう。このままでは、かならず公子何さまは殺され、われらはそれを防ぎようがない。ゆえになんじらに頼みにきた。どうか、承知してくれ」

と、切々といい、王子稜にむかって頭をさげた。

王子稜が口をひらこうとすると、それを手で製《せい》した召公祥は、

「承知しないとは申しません。ただし王宮にはいったわれらは、公子何さまを護り切れぬ場合があり、われらだけが死ぬ場合もあります。それでは貨《か》をさずけられぬ、となれば、われらの義俠は無価値となります。あなたさまに誠意があるのなら、その十倍の貨をここにもってきていただきましょう。五日以内に、貨がとどかなければ、わ

れらは立ち去っているでしょう」

と、胆力のすごみをあらわすようにいった。

それをきいた王子棱は瞠目《どうもく》した。

公子何《か》の客

莫大《ばくだい》、と形容したくなるほど多量の貨《か》が、王子稜《りょう》のもとにとどけられた。

この貨を、王子稜とふたりだけでながめた召公祥《しょうしょう》は、

「さて、王子、周蒙《しゅうもう》どのが五日以内にこれほどの貨をとどけにきたということは、傅相《ふしょう》の周招《しゅうしょう》どのをふくめて、公子何《か》さまをお護《まも》りしている者たちは、必死なのです。それは、とりもなおさず、邯鄲《かんたん》の王宮が危険に満ちていることなのです」

と、嚙《か》んで含《ふく》めるようにいった。

「それは、わかっている……」

王子稜は小さくうなずいた。

「周《しゅう》の王子であるあなたさまが、なにゆえ、趙《ちょう》の公子を助けなければならないのか。わたしは天に問うております」

「行き場のなくなったわれに、天が示してくれた道がこれなのであろう。われは今日まで考えつづけた。この貨をつかんで、王子という身分を棄《す》てることにした。もはや王子稜はどこにもいない。いるのは公孫龍《こうそんりょう》という平民だ」

「決心なさいましたな」

召公祥は深く嘆息した。かれは周の赧《たん》王の後継者には王子稜がもっとも良いと想《おも》うひとりであるが、王宮のなかを溟《くら》くする陰謀《いんぼう》を排除するには時がかかり、それまで王子稜をかくまっておく手段がみあたらない。

——しばらく王子稜さまには、自活してもらうしかない。

そのしばらくが、五年なのか十年なのか、明言できぬ苦しさを召公祥はかかえている。

「では、ただいまから、あなたさまを公孫龍とお呼びします」

「おう、それでよい」

公孫龍となった王子稜は天を仰いだ。これが天意にちがいないので、われは素直にうけいれた、と心のなかで天に告げた。

「では、こまかなことを、おたしかめ下さい。まず、この貨は、すべてあなたさまのものです。あなたさまと従者の生活を十年ほど支えてくれるでしょう。貨の保管は、わたしの臣下にやらせます。洋真《ようしん》と杜芳《とほう》という者で、このふたりを邯鄲に住まわせます」

「ありがたい」

これは召公祥のこまやかな配慮にはちがいない。が、みかたをかえれば、趙という国の動静をさぐるために趙都に間人《かんじん》をいれることになろう。公孫龍さえ、間諜《かんちょう》の任を負わされることになるかもしれない。

「周蒙どの話では、王宮内の客室にはいるのは六人ということです。あなたさまはもとより、牙荅《がとう》、磆立《しゃくりつ》、童凜《どうりん》それに白海《はくかい》が加わって五人です」

「なぜ、六人なのか」

「わたしも、首をかしげました。たぶん、五行《ごぎょう》の思想からでしょう。五行については、おわかりですね」

五行は万物を生成する要素である。

「知っている。木《もく》、火《か》、土《ど》、金《ごん》、水《すい》のことであろう」

「趙の王室のもとの姓は、嬴《えい》、であり、秦《しん》の王室と同じです」

「ああ、そうであったな」

「この嬴姓は、水徳をもっていて、色は黒を尊びます。趙の二公子を護っていた騎兵の戎衣《じゅうい》が黒であったわけはそれです」

「あっ、なるほど」

趙の騎兵がもっていた旗も黒であったことを公孫龍は憶《おも》いだした。

「数に関していえば、六、を尊重します。おそらく趙は六軍《りくぐん》をもって戦うのが定法《じょうほう》でしょう」

「それで、六人か」

周紹と周蒙は些細《ささい》なことにこだわっていると嗤《わら》いたくもなるが、この客の数が、公子何にとって祥瑞《しょうずい》になればよい、という願いがこめられているのであろう。

「あとのひとりは、わたしの臣下をお貸しします。嘉玄《かげん》という者です。重宝《ちょうほう》しますよ」

召公祥は嘉玄についてくわしく語らなかった。

「召公、あなたが篤厚《とくこう》の人であることは、よくわかった。周都である成周《せいしゅう》にいるあいだに、あなたに就《つ》いて学んでおくべきであった。が、ここで別れれば、生涯、再会できぬかもしれぬ。とにかく、あなたが恩人であることは、死ぬまで忘れない」

「王子……」

このときになって召公祥の胸裡《きょうり》にくやしさが烈《はげ》しく湧《わ》いてきた。周王室はいままさに英邁《えいまい》な人材を失おうとしている。これが天の配意であるとすれば、周王室だけではなく周の国力も漸減《ぜんげん》しつづけるだけになろう。

召公祥の心底にある意《おも》いと酸《す》っぱい感情が公孫龍につたわったわけではないが、しばらく両者は胸をふるわせてみつめあっていた。

「召公……。これから、あなたはどうするのか」

燕《えん》へ送るべき人質を途中で逃がした召公祥は、責めを負って、処罰されるのではないか。公孫龍の心配はそこに移った。

「なに、一計があります」

赧王の書翰《しょかん》はすでに焚《や》いてしまったが、匣《はこ》は残っている。これからその匣をもって、昆剛《こんごう》とともに船に乗り、燕へむかうという。

「人質はおらず、書翰もない。それでも燕王に謁見《えっけん》するのか……」

「そうです。匣は周王室専用のもので、使者のしるしとなります。あなたさまが乗った船は、途中で沈没したことにします。以後、王子の生死は不明となります」

「なるほど」

公孫龍は幽《ほの》かに笑った。

騎兵の長である昆剛は口が堅そうなので、召公祥の計図《けいと》はうまくいきそうである。

「では、いつまでも、ご健勝で――」

この召公祥のことばに背中を押されるかたちで、公孫龍は歩きはじめた。ふりかえらなかった。

それをみて召公祥の指図を仰ぐべく、趨《はし》ったのが嘉玄で、年齢は二十代のなかばといってよく、どちらかといえば小柄な男である。

召公祥は起《た》ち、足もとで頭をさげた嘉玄に、

「なんじが趙の王宮へゆくのは、王子を護るためであり、趙の公子の生死などは気にかけなくてよい。趙都には洋真と杜芳が住むことになる。連絡を絶やさぬように」

と、命じた。

「うけたまわりました」

すみやかにしりぞいた嘉玄は、公孫龍のあとを追って、迎えの馬車に乗り込んだ。そつのない嘉玄は、車中で牙荅に近づき、

「それがしは召公の臣ですが、いまからは王子の臣です。なんなりとおいいつけください」

と、ささやくようにいい、低頭した。また、途中で休憩したときには、童凜の脇《わき》に坐《すわ》り、

「そなたはつねに王子の側にいて、王子と生死をともにする。王子が死ねば、そなたも死ぬ。なんとしても王子に生きていてもらわなければならぬなら、そなたも武技《ぶぎ》のひとつやふたつを身につけておかねばならぬ」

と、いった。

「にわかに身につく武技など、あるのでしょうか」

「ある。飛礫《つぶて》だ。小石を投げる」

「はあ……」

「王宮の客室にはいったら、教えよう」

「ええ……」

多少のおどろきをもって童凜は嘉玄を視《み》た。この人は、何者なのか。

あらたに従者に加わった嘉玄を、すこし離れた位置から観《み》ていた白海は、

「あれは尋常ならざる者ですよ。幻術をつかうかもしれない」

と、牙荅に低い声で告げた。

「幻術――」

おどろいた牙荅は、目を凝《こ》らして嘉玄を視た。とても武術の達人にはみえぬ体格で、物腰のやわらかい商人にふさわしい男である。

翌日の昼に、六人は趙の王宮にはいった。

なんと公子何と公子勝《しょう》がならんで宮室の外に立ち、六人を歓迎してくれた。二公子の明るいふんいきを感じとった公孫龍は、馬車からおりた際、近くの周蒙に、

「公子さまには、どこまで、お話しになっているのですか」

と、問うた。この六人が公子何の護衛のために客室にはいることを、公子何は周招から告げられているのか。

「まったく――」

そういった周蒙は、わずかに苦笑した。公子何は賢いので、いのちを狙《ねら》う者がいるという実情を理解するであろうが、

「理解することと、恐怖をおぼえることとは、ちがう」

と、周招は周蒙にいった。周蒙も、

――公子をおびえさせたくない。

と、意っているので、あの山賊の襲撃もたまたまであった、ということにして周招と口裏《くちうら》を合わせた。

「わかりました」

うなずいた公孫龍は、にこやかな表情をつくって歩をすすめ、二公子のまえで跪拝《きはい》した。すぐに公子何が、

「われの招待を承《う》けてくれて、うれしくおもう」

と、ねぎらいの声をかけた。

「恐れいります。賈市《こし》にあけくれている者が、王宮に上《のぼ》ることとは、夢中のできごとのようです。ここに到ったとなれば、さきにあなたさまから賜《たまわ》った二乗の馬車をお返ししなければなりません」

このことば、この容儀の爽《さわ》やかさはどうであろう。はじめて男の美しさをみたおもいの公子何は、

——この者を、舎人《しゃじん》としたい。

と、心を撼《うご》かした。舎人は、食客《しょっかく》から家臣となった者をいう。商人をいきなり臣下にすることには、さしさわりがあろう、と公子何はとっさに気をまわした。

「あの馬車は、そなたにさずけた。返すにはおよばぬ。綸言《りんげん》汗のごとし、というではないか」

「ああ、さようで……」

公孫龍は内心舌をまいた。綸言とは、王あるいは君主のことばをいう。国王が臣下にむかっていったことばは、汗がしたたり落ちるようなもので、とり消すことはできない。

——もとは、わが遠祖の周の成王《せい》に関する故事だ。

と、公孫龍にはわかるが、その成語を知っている公子何を心のなかで称《ほ》めた。

「では、今夕《こんせき》、宴席で——」

公子何がそういうと、急に、公子勝が歩きはじめて、公孫龍のまえでしゃがんだ。公子勝はまだ十歳にはなっていないだろう。その細い腕が伸ばされ、公孫龍の帯の上にでている短剣の把手《はしゅ》に触れた。

「綺麗《きれい》……」

と、公子勝はつぶやいた。

——まずい。

公孫龍は冷や汗をかいた。この短剣は周王室につたわる宝剣のひとつで、黄金がつかわれ、鞘《さや》は七色の光を放つ螺鈿《らでん》の造りである。この短剣ひとつで、公孫龍の正体が露見しそうである。

「お気に召しましたか」

「うん……」

「では、あなたさまに差し上げましょう」

公孫龍は思い切って短剣を帯からぬいて、公子勝の手ににぎらせた。これも、周の王子であった自身と訣別《けつべつ》する行為である。

「よいのか」

「どうぞ、お持ちください。商賈《しょうこ》の身には過ぎた物です。なにごとも、過度《かど》は過患《かかん》を招きます。あなたさまは趙王の御子として、その剣をお持ちになり、兄君をお助けになり、国を暗くするものを切り裂いてゆかれませ」

公孫龍にそういわれた公子勝は、うなずいて、

「わかった」

と、いった。この声をきき、その表情を視た公孫龍は、

――この公子も賢い。

と、ひそかに感心した。

宮門から客室まで、馬車に乗らず、歩くことにした公孫龍に近寄った周蒙は、

「この者が、館人《かんじん》の長で、杠季《こうき》という。不便を感ずることがあれば、なんでもこの者にいってくれ」

と、いい、うしろに立っていた男をまえにだした。

「さようですか。はからずも公子何さまに招かれました公孫龍と申します。しばらく客室に泊まれという仰《おお》せなので、よろしくお願い申し上げます」

公孫龍は杠季にむかって鄭重《ていちょう》に頭をさげた。

「ああ……」

と、頤《あご》をあげた杠季の目に侮蔑《ぶべつ》の色が浮かんだ。公子何と公子勝にとって特別な賓《ひん》客《かく》なので、粗相《そそう》のないように、と周del招だけでなく宰相《さいしょう》の肥義《ひぎ》からもいわれた杠季は、

——さぞや姿容《しよう》のすぐれた貴人がくるのだろう。

と、想っていたところ、きたのはすべて商人で、しかもその頭《かしら》は二十歳まえの若造《わかぞう》ではないか。六人を観た杠季は、こんなやつらに頭をさげられようか、と不機嫌になった。それゆえ、客室に近づくと、横柄《おうへい》な口調で、

「あとは、この者が案内する」

と、属吏《ぞくり》を名指し、自身はさっさと館長室へ引き揚げた。案内を引き継いだのは、

「発県《はっけん》」

という少壮《しょうそう》の男である。かれは好悪《こうお》の感情をみせない質《たち》であるらしく、礼儀を失わない程度の挙止《きょし》で、六人を客室内にみちびくと、公孫龍に部屋割りを示した。

「わかりました」

すみやかに従者に指示を与えた公孫龍が、自室にはいると、胡服《こふく》をみた。

「これは——」

「賓客のかたがたに着用を強要するのは失礼ですが、わが国は王をはじめ廝養《しよう》の者まで胡服を着ておりますので、どうか着替えていただきたい」

と、発県はいった。

「これが胡服か」

と、興味深げに手にとった公孫龍は、発県の目のまえで着替えてしまった。

――ずいぶん動きやすい。

両手と両脚を思い切りひろげた公孫龍は、身も心も軽くなったようで、脚をすぼめると、跳んでみた。

公孫龍の着替えを手伝うべく、室内にはいってきた童凜は、

「王子――」

と、いいそうになって、あわてて両手で口をおさえた。室内に発県が残っていた。

細則《さいそく》を公孫龍に伝えた発県が室外に去ると、それをしっかりとたしかめた童凜は、

「あやうく王子のご身分を明かしそうになりました」

と、自分の頭を拳《こぶし》で一、二度軽くたたいた。

「いままた王子といった」

「あっ、つい、そういってしまうのです」

「われのことは、主《しゅ》か頭、あるいは公孫と呼ぶがよい」

「そうですか……、でも、しっくりきません。そうだ、龍さまではいけませんか」

公孫龍は笑った。

「龍さま、か……。まあ、それでよい。みなにもその呼びかたをするように伝えよ」

「かしこまりました」

童凜が退室したあと、公孫龍は庭にでた。王宮に繞《めぐ》らされた牆壁《しょうへき》がみえる。

――あまり高くないな。

それが気になったので、公孫龍は牆壁のほとりまで歩いた。しばらくその牆壁をながめていると、

「この牆壁のむこうに、高い城壁があります。邯鄲は難攻不落の堅城《けんじょう》ですが、王城にはいった賊がこの牆壁を越えるのは至難《しなん》というわけではありません」

という嘉玄の声が、背後にあった。

趙の首都にかぎらず、諸国の首都は、王とその家族が住む城と住民が住む郭《かく》との連結構造をもっている。邯鄲の城と郭との関係は、奇形といってよく、城と郭とが接するところはわずかしかない。つまり王城の東北に大郭があり、城の東北部と郭の西南部だけが接近している。要するに、外敵が郭内に侵入しても、王城はいささかもおびやかされないという造りになっている。

「公子何さまの宮室の位置をたしかめたいが……」

公孫龍はふりかえらずにいった。

「すでに観てきました」

「さすがに、早い」

「宮中警備の兵がどのように巡回するのか、いまはまだわかりませんが、公子何さまの宮室から遠くないところに、常駐の兵が二、三人はいるようなので、賊が牆壁を越えるとすれば、むこうではなく、このあたりでしょう」

「はは、客室には警備の兵は不要というわけか。それにしても、公子何さまをお護りする兵が、二、三人とは、ずいぶん寡《すく》ない」

「おそらく周袑どのの進言によって、その数は増やされるでしょうが、それでも、四、五人になるだけでしょう。宮中の規則は、たやすく変更できないのです」

「よく、わかる」

ふりむいた公孫龍は、嘉玄を凝視《ぎょうし》した。非凡さからかけはなれた容姿だが、こういう男こそ底知れぬ才知をもっている。

「賊はこのあたりの牆壁を越えて、公子何さまの宮室へ走る、とみているのか」

「まちがいなく——」

庭には木立《こだち》のほかに池もある。賊はかならず池を避けてすすむ。すると客室から遠くないところを通る。嘉玄はそう予想している。

「警備兵は不意を衝《つ》かれて、またたくまにみな殺しにされよう」

「人数が増えても、そうなりましょう」

「われらが公子何さまをお護りするしかなさそうだ」

軽い笑声を立てて公孫龍は客室にむかった。

夕《よる》、発県に先導されて、公子何の宮室に付属する堂《どう》にのぼり、宴席についた。小規模の宴会であるが、この会には宰相の肥義も出席して、

「よくぞ、二公子を助けてくれた」

と、六人に温《あたた》かみのある声をかけてねぎらった。肥義の年齢は六十歳をすこし過ぎたといったところで、篤実《とくじつ》そのものの容貌《ようぼう》をもっていた。

——忠誠を絵に画《か》けば、この人になるだろう。

と、公孫龍はすぐに肥義に好感をいだいた。

この宴会には公子何だけでなく公子勝もきていて、公子勝は公孫龍になつき、となりに坐って、

「そなたは周の商人なのだろう、周都の話がききたい」

と、せがんだ。公孫龍はまだ十代なので、その若さが二公子の狎《な》れを早めたといえ

なくはない。ちなみに公子勝は成人後に有能な者を好み、斉《せい》の孟嘗君《もうしょうくん》にあこがれて、多くの食客を養い、

「平原君《へいげんくん》」

と、称されて、戦国四君のひとりとして後世まで誉れを垂下《すいか》することになる。

この小宴会がなごやかに酣《たけなわ》にさしかかるころ、王城の外にある田不礼《でんふれい》邸ではけわしく密談がおこなわれていた。

四十代前半という年齢の田不礼の眉宇《びう》にはときどき妖気《ようき》が生ずる。その妖気とは、欲望の過剰《かじょう》といいかえてもよいが、とにかく面貌《めんぼう》は脂《あぶら》ぎっており、体格のよさは人を威圧する。

田不礼のまえにはふたりの家臣が坐っている。ひとりを草奇《そうき》といい、いまひとりを万葎《ばんりつ》という。草奇は田不礼の謀臣であり、万葎はこの家の家政をとりしまりをあずかる家宰《かさい》である。草奇はまもなく四十歳、万葎はすでに五十歳を過ぎている。

「公子何を消す千載一遇《せんざいいちぐう》の好機であったのに、あの商人どもは、よけいなことをしてくれたわ」

と、田不礼は腹立ちをあらわにして、机《き》（脇息《きょうそく》）をたたいた。

「狼煙《のろし》を看《み》て、事成れり、と喜び、戦況を最後までみとどけなかったそれがしの落度

です」

　草奇は恐縮し低頭した。

「いや、草奇に非はありますまい。隠淪《いんりん》していた渠杉《きょさん》の族をみつけ、かれらを起たせた功は、草奇にあります。かれらは多数の死者をだしても、たやすくは退かず、あわやのところまで戦いぬいたようではありませんか」

　と、万葎はことばで草奇をかばった。これに救われたように首を挙《あ》げた草奇は、

「その商人どもを、公子何が賓客として招いたといううわさがありますが、それはまことですか」

　と、問うた。田不礼は唇《くち》をゆがめた。

「ああ、まことだ。今夕、宴席が設けられ、出席者ははしゃいでいることであろう」

「くやしいですね。公子章《しょう》さまは、疎外《そがい》されている」

「商人どもは王宮に四、五日は滞在するだろう。渠杉の再起をうながすのは、それからでよい。つぎは、かならず公子何を殺せ」

　と、田不礼は草奇に命じた。

　だが、田不礼の予想に反して、公孫龍らは四、五日経《た》っても王宮から去らなかった。

剣と刀

黒い布地《ぬのじ》に金糸《きんし》で、趙《ちょう》、と刺繡《ししゅう》された旗を牙荅《がとう》がかかえてきた。

この旗を公孫龍《こうそんりょう》の膝《ひざ》もとでひろげてみせた牙荅は、

「馬車にこれを樹《た》てておけば、宮門と郭《かく》門を自由に出入りすることができる、と周蒙《しゅうもう》どのはおっしゃっていました」

と、にこやかにいった。

「そうか。ここにきて十日が経《た》つが、いちども郭のほうへ行ったことがない。白海《はくかい》は武具をあつかう店に行きたいといっているし、嘉玄《かげん》は案内したいところがあるといっている。さっそく王城の外にでよう。童凜《どうりん》はどこにいる」

公孫龍は起《た》った。

「はは、嘉玄に教えられて、毎日、飛礫《つぶて》の練習をしています。嘉玄はふしぎな男です。城内のあちこちを、丹念に観《み》て歩いています。また、如才《じょさい》がないので、公子何《か》さまの宮室を衛《まも》る兵とずいぶん親しくなったようです。その警備兵は、人数が増えて、五人になったそうです」

公子何を防禦《ぼうぎょ》するためのしかけを嘉玄がほどこそうとしている、それは公孫龍には察しがつくが、それがどのようなものであるか、いちいちこまかく問うてはいない。

「とにかく、みなを呼んでくれ。邑《まち》へゆく」

そういった公孫龍は、室外にでて、初秋の風を感じた。ここは洛陽《らくよう》の地よりはるか北にあり、秋のおとずれが早い。

――召《しょう》公は燕《えん》王に拝謁《はいえつ》できたのだろうか。

北へながれる雲をみあげながら、王子という身分を失った自分は、これからどう生きるべきか、と考えはじめた。

燕で人質生活をおくることは、たとえそれが無為であっても、父の周《しゅう》王と周国のために役立つと信じていれば、意義がある。が、燕へむかう船とともに水没したことになった自分は、いちどは死者となり、蘇生《そせい》したいまは別人として生きなければならない。さしあたり幼い公子何のいのちを守る立場におかれたことは、人としての俠気《きょうき》が刺戟《しげき》されるだけに、自分にとってはわずかな救いになる。とはいえ、この立場から離れたあとは、どうすればよいのか。

――生きる目的がない。

「そうか」

そのつらさを、公孫龍はすでに痛感しはじめている。すべての人が目的をもってはつらつと生きているわけではない。それくらいのことがわからぬ公孫龍ではない。戦国の世の酷烈《こくれつ》さを耐えるだけで生涯を了《お》える人がほとんどかもしれない。それも、想像はつく。だが、公孫龍は大多数の人々とは異なる、きわめて稀《まれ》な境遇におかれている。たぶん召公祥《しょう》は、

「それでもあなたさまは生きぬき、生きる意義を、天意に従いつつ、ご自身で創造なさるべきです」

と、いうであろう。

——趙王室の内訌《ないこう》にかかわることが、天意に従うことなのか。

だいたい人に天意がわかるのであろうか。天がつねに正義を助けてくれるのであれば、正義の象徴であった周王室の衰微《すいび》を、どう解《かい》したらよいのか。往時、王といえば、周王ひとりだけであった。ところがいまや、諸国の君主は王と称して、周王をないがしろにしている。中山《ちゅうざん》のような小国の君主でも王と自称しているのは、公孫龍からみれば、嗤笑《ししょう》すべき傲岸《ごうがん》さだが、これを天が匡《ただ》さないという現実をこれからはうけいれていかなければならない。

城内に、暑気を払うような風が吹いている。この風のなかでしばらく佇《たたず》んでいた公

孫龍は、遠い牙荅の声をきいて、歩きはじめた。

従者の五人がそろったところで、通行証というべき旗を樹てた二乗の馬車に乗った。この馬車が宮門をでて、郭門にはいる手前で、嘉玄は別に赤い小さな旗を樹てて、馬車の速度を落とした。しばらくおなじ速度で馬車をすすめた嘉玄は、馬を駐《と》めて、右に立っている碏立《しゃくりつ》に短くささやいた。うなずいた碏立は馬車をおりて、うしろの馬車にいる公孫龍の近くまで趨《はし》り、

「ゆっくりとついてきていただきたい、と嘉玄が申しています」

と、つたえた。

軽く手を挙《あ》げた公孫龍は、横に立つ白海に、

「嘉玄はなにゆえ馬車を走らせないのだろうか」

と、問うた。

「道案内人が徒歩だからです」

「えっ、どこにそのような者がいる」

公孫龍は爪先立《つまさきだ》った。

「前方に、ほら、また歩きはじめた。あの男ですよ」

白海にそういわれても、すくなくない通行人のなかから、その者を特定することは

公孫龍にはできなかった。邯鄲《かんたん》は殷賑《いんしん》の都である。中華随一の工業都市であるといってよい。高等技術をもった職人が多く住み、武器はもとより、農具、工具および機械の生産に関しては、質と量は群《ぐん》をぬいている。それゆえ、他国の商人がそれらの発注に邯鄲をおとずれるので、おのずと商業も盛んである。

嘉玄の馬車が小道にはいって、人通りのすくない道をすすんでも、白海のいう道案内人の影を公孫龍の目はとらえられなかった。

細流《さいりゅう》の音がきこえた。ほどなく馬車は小川にそってすすんだ。邯鄲の南に牛首水《ぎゅうしゅすい》という川がながれていて、この川が城の濠《ほり》がわりになっている。公孫龍がみている小川は牛首水の支流というわけではなさそうだが、川幅が狭いわりに、水量はとぼしくない。

この小川が清爽《せいそう》の気を立ち昇らせているらしく、車中にいてもその気を感じて、公孫龍の気分はさらにあらたまった。

まえをゆく嘉玄の馬車が、小川のほとりに建つ瀟洒《しょうしゃ》な邸《やしき》の門内にはいった。つづいて公孫龍の馬車も門内にはいって停まった。

庭は緑が豊かで、邸も庭も涼陰《りょういん》にある。

馬車をおりる公孫龍のまえに、ふたりの男が跪拝《きはい》している。このふたりの横に立っ

た嘉玄は、

「この者どもは、召公の家臣で、ひとりを洋真《ようしん》といい、いまひとりを杜芳《とほう》といいます。あなたさまの財を管理する者どもです」

と、公孫龍に紹介した。

仰首《ぎょうしゅ》して、洋真と名乗った男は、かなり若い。二十代の前半という年齢にみえる。

「ここまで道案内をしてきたのは、この者ですよ」

と、白海が公孫龍にささやいた。

洋真も幻術をつかうのであれば、この者は嘉玄の弟子ではないか、と公孫龍は想《おも》ったが、あからさまに問うのはやめた。

杜芳はまもなく五十という年齢であろう。容貌《ようぼう》に誠実さがにじみでている。

このふたりに導かれて室内にはいった公孫龍は、川のながれの音をきき、その音が耳にここちよいので、多少の感嘆をまじえて、

「ずいぶん凝《こ》った造りの邸だが、よくこんな邸を借りることができたな」

と、杜芳に問うた。

「恐れいります。主家である召公家には諸国の商賈《しょうこ》の者が出入りしており、そのひとりが趙の鵬由《ほうゆう》と申し、この別宅を所有している者です。もとは外妾《がいしょう》のために建てた家

であるらしいのですが、どうやらその外妾は病死したようで、半年まえから空き家になっていたそうです」

「それは好都合であったな」

公孫龍は微笑した。外妾のためにこれほどの邸を建てた鵬由という賈人《こじん》は、おそらくなみなみならぬ富力《ふりょく》を有し、発展家なのであろう。

「鵬由は召公家のほかに二、三の有力貴族の家に出入りしていますが、周王室とはつながりをもっていません。ゆえに鵬由はあなたさまの貌《かお》を知りませんが、なにしろ尋常ならざる洞察力をもち、勘《かん》もするどいので、鵬由の店へあなたさまをおつれすることはやめました」

と、杜芳《う》はいった。

それを承けるかたちで洋真が口をひらいた。

「鵬由は趙王室に出入りし、趙王に信用されています。東宮《とうきゅう》にいる公子章《しょう》と傅相《ふしょう》の田《でん》不礼《ふれい》ともつきあいがあるはずなので、ここでの滞在の意図《いと》をうちあけるわけにはいかないのです」

「しかし、滞在が三十日を過ぎれば、不審をいだこう」

「ご懸念《けねん》の通りです。三十日を踰《こ》えないうちに、都内に借家をみつけて移るつもりです。新住所は嘉玄に伝えます」

と、いった杜芳は白布《はくふ》をひろげた。この白布に入り用の武器を画《か》いてもらいたい、という。

すぐに筆を執《と》った白海は、

「城壁を越えてくる賊が、長柄《ながえ》の武器をもっているとは想われませんが、用心のため、あなたさまにはこういう大刀をつかいこなしてもらいます」

と、いいながら、公孫龍にみせた図は、大刀に長い柄をつけたものだが、全体の長さが十尺《せき》（二メートル二五センチ）とあったので、ふつうの戟《げき》よりかなり短い。

「どんな武器でも造ってもらえるのですか」

膂力《りょりょく》にすぐれた碏立は身を乗りだして、杜芳に要望をいい、柄の長い鉞《まさかり》を画いてもらった。

白布が図と文字で埋められたのをみた公孫龍は、

「これこそ鵬由に不審をもたれよう」

と、いった。

「ご心配にはおよびません。燕へ往《い》った召公が、帰途に鵬由家に立ち寄れば、すべてが氷解します」

杜芳は白布を巻いた。

「なるほど、召公発注の武器ということになるのか」

公孫龍は猛烈に召公祥に会いたくなった。が、召公祥が燕でどのように迎えられ、いつ帰途につくのか、この時点では、たれにもわかっていない。

「ひとつ、大きな懸念がございます」

白布を脇《わき》に置いた杜芳がまっすぐに公孫龍を視《み》た。

「忌憚《きたん》なく、いってくれ」

「召公があなたさまを燕王のもとに届けなかったことで、燕王は再度人質を周王に要請するかもしれない、ということです」

「たしかに、それはありうる」

「周王の近くにいる陰謀《いんぼう》の主は、燕王の使者が語った内容を素直に信じるでしょうか。あなたさまの船だけが沈み、召公と昆剛《こんごう》の船は沈まなかったのです。事の真偽を調べたくなりませんか」

「なるほどなあ」

どうしても王子稜《りょう》を殺さなければ安心できない者は、その生死をたしかめるべく人を派遣するであろう。

「密偵が趙国にはいりこんでくるのです」

「やっかいなことだ」

公孫龍は憂鬱《ゆううつ》になった。

「その密偵は、刺客に変わる、と想っていただきたい」

「うむ……」

公子何に迫る毒牙《どくが》を撃退しようとする自分にも迫ってくる毒牙がある。いまの世は、どこへ行っても、こういう愚かしい争いしかないのか。また、争いの果てに、いったい何があるのか。さらに、争いに勝った者は何を得て、負けた者は何を失うのか。公孫龍はいのちを失えば、その結果、その得失を、たしかめようもないが、たしかめたところでどんな意義があるのかと想えば、虚無感からのがれられそうにない。

——みな懸命に生きているのに……。

公孫龍は自分に人生の意義を誨《おし》えてくれる師のような人が欲しくなった。その人に、虚無感を烈《はげ》しく叩《たた》き落としてもらいたい。

公孫龍が鬱念《うつねん》のなかにいるあいだに、嘉玄と洋真とが小声で話し合っていた。やがて嘉玄は公孫龍のほうに顔をむけて、

「武器のことは杜芳におまかせになって、そろそろでましょう。おみせしたい邸があ

ります」

と、いい、すみやかに退室した。

馬車にもどった六人は、半時後には、大邸宅の近くにいた。

「これが田不礼の邸です」

と、嘉玄が小声でいった。田不礼の住所を調べたのは洋真で、それを嘉玄に語《つ》げていたのであろう。趙にかぎらず諸国の政治の枢要《すうよう》近くにいる臣の家は、王宮から遠くない。田不礼は趙の政治に参画しているわけではないが、傅佐《ふさ》している公子章が次代の王となれば、一躍《いちやく》、宰相《さいしょう》の地位に昇る。

高楼《こうろう》をそなえたその広大な邸宅を車中でながめた公孫龍は、

「公子何さまを殺そうとたくらんでいるのが田不礼である、というのが周蒙どのの推量だが、東宮に住む公子章が太子であるなら、その弟を恐れる必要はあるまい。田不礼は個人的に公子何さまに怨《うら》みがあるのか」

と、横の牙荅に問うた。公子何を保庇《ほひ》する周袑《しゅうしょう》と周蒙が、なぜそれほど田不礼を忌《い》み恐れるのか。疑問の核心はそれである。

「わからないことは多々あります。ひとつわかっていることは、趙王はまだ太子を定めていないということです」

「えっ、そうなのか。だが、どの国でも、東宮に住むのは嗣子《しし》と決まっている。趙だけがちがうというのは解《げ》せぬ。しかも公子章はすでに二十歳を過ぎているときいた。公子何さまはまだ十一歳だぞ。趙王は長幼《ちょうよう》の序《じょ》を無視するのだろうか」

「そこまでは、推察しかねます。もっともわかりにくいことは、なぜ、いまなのか、ということです」

と、牙荅はいった。

公子章と公子何がひそかに後継者争いをしてきたのなら、公子章は今年を待たずに公子何を殺す機会はいくつもあったはずである。しかし過去にはそのような事実はひとつもなかったらしい。今年、突然、公子何を暗殺する未遂事件があったのは、なぜであろう。あれはほんとうに田不礼がたくらんだことなのか。牙荅の胸裡《きょうり》にはつぎつぎに疑念が生じている。

公孫龍と牙荅が話し合っているあいだに、馬車をおりた嘉玄が、田不礼邸を囲む牆《しょう》にそって歩きはじめた。

それに気づいた牙荅がゆっくり馬車を動かした。途中で牙荅は、

「ここからは隣家の牆です。二家が接しています」

と、いった。ひとめぐりしたところで白海が、

「嘉玄は洋真とともに、田不礼邸に忍び込むつもりでしょう」

と、公孫龍にささやき、目で笑った。

田不礼邸の隣に住む者も貴族にちがいないが、その者が田不礼と同心《どうしん》でなければ、家の警備がぬるいはずなので、その家の庭を通って田不礼邸に忍び込む手がある。とっさに公孫龍はそう想った。

このあと、喧騒《けんそう》そのものの市場をのぞいた公孫龍は、ふたたび鵬由の別宅で休憩をとった。嘉玄は洋真と杜芳を目でいざなって別室に籠《こ》もり、半時ほど密談をつづけた。

公孫龍は公孫龍で四人を集め、

「周紹どのは一方的に田不礼を敵視しているが、公子何さまのいのちを狙《ねら》っているのは、田不礼だけだろうか。われらには敵の正体がまったくわかっていない。周紹どのはわれらに公子何さまを護《まも》らせ、衛兵をわずかに増やしただけだ。ほかに護衛の手を打たないのだろうか」

と、いい、意見を求めた。

「王宮内の細則は、われらにはわかりかねます。が、あなたさまの疑念は、もっともです。わたしが公子何さまを暗殺したい謀主《ぼうしゅ》であれば、わざわざ外の賊をつかわず、公子何さまに仕えている僕婢《ぼくひ》を買収し、膳《ぜん》に毒を盛らせますよ」

牙萌がそういうと、小さく膝を打った童凜は、

「それで嘉玄どのは、公子何さまに近い者を説いて、犬や鳥を飼わせたのですね。毒味のためです、きっと」

と、いった。公孫龍にとって、その話は初耳である。

「公子何さまに近い者とは、たれなのか。その者は信用できるのか」

「たしか、呉広といい、公子何さまのご生母の父であるということです。嘉玄どのは、あの人だけは信用できる、といっていました」

「ああ、公子何さまの祖父か……。それならまちがいない」

軽く笑った公孫龍であるが、みじかい間に嘉玄がおどろくべき早さで人脈を築いていることに、内心驚嘆した。召公祥がいっていたように、なるほど重宝する。

ここで白海が口をひらいた。

「公子何さまを亡き者にしたい重臣がいれば、趙王の帰還後に調査がおこなわれることを想定して、計画を立てるはずだ。王宮内の者をつかえば、露見した場合、自身に罪が及ぶのが早くなる。知らぬ存ぜぬで切り抜けるためには、外の賊をつかうにかぎる。刺客は牆壁を越えて、公子何さまに迫る、とわたしはみている」

「それも一理ある……。あの山賊が、ふたたび襲ってくる……」

しかし数十人が牆壁を越えるのはむずかしい、せいぜい二十人であろう、と公孫龍の想像の目はみた。

「内から縄梯子《なわばしご》をおろす者がいれば、予想以上の数の賊が侵入できます」

牙荅の想像のほうが厳しい。

「五十人も侵入してくれば、われらはすべて死ぬ」

自嘲《じちょう》ぎみに公孫龍は笑った。

「あの山賊どもは、公子何さまを殺して、いかなる利益をうけられるのか。さきの襲撃では、多数の死傷者をだしながら、なかなか退かなかった。財貨につられただけの賊にはみえない」

白海の胸裡に生じた疑念はいまだに消えない。

「公子何さまに怨みがあるとすれば、やっかいな賊です」

牙荅にも白海とおなじような疑念がある。

五人の話し合いは尽きないが、嘉玄がもどってきたので、公孫龍は腰をあげた。

夕陽があたっている王城は赤く、美しかった。城門の旗だけが黒く、そのはためきが、なぜか公孫龍の胸に滲《し》みてきた。

王城内の客室にもどった公孫龍は、翌日から重い木の棒をもたされて、振らされた。

「特別仕様《しよう》の武器がとどくまえに、つかいこなせるようにしておくことです。刀は剣とちがって、突く力よりも上下させる力がたいせつです。この棒を片手で自在に動かせるようになっていただきたい」

白海から渡された棒は、芯《しん》に鉄がはいっているのではないかとおもわれるほど重かった。片手でたやすく振れるものではない。

半月が経っても、てこずった。みかねた白海に、

「腰と脚で振るのです」

と、教えられた。すこし振れるようになった。だが、

「自在には、ほど遠い。腰と脚が重すぎるのです」

と、白海にいわれ、革の胴着《どうぎ》をつけさせられた。公孫龍のまえに立ったのは、童凜である。

「飛礫をよけられますか」

この白海の声にうながされて、一礼した童凜は小石を投げた。その小石はおそろしいほどの速さと正確さで胴着にあたった。公孫龍の棒は、小石にかすりもしなかった。

「その小石が飛矢《ひし》であれば、あなたさまは死んでいますよ」

「たしかに――」

「刀が物であるかぎりは、あなたさまを護りぬけません。刀が気《き》に変わって、はじめて無敵となるのです」

白海はむずかしいことをいった。

きいたことをすぐに体現できるほど武術は甘くないが、体軀《たいく》に実《み》がはいる年齢にある公孫龍は、独《ひと》りで工夫をかさねてゆくうちに、最初あれほど重かった棒を軽々と振れるようになった。ひと月半後に、依頼しておいた武器がとどけられ、その柄をつかんだ公孫龍は、おもわず、

「軽い」

と、おどろきの声を発した。それぞれがそれぞれの武器に馴《な》れるまで半月を要した。気がつけば、あたりはすっかり晩秋の景色である。ここまで賊の襲撃はいちどもない。公子何の周辺に不審なできごともなかった。

公孫龍は嘉玄に意見を求めた。

「そろそろ賊が動くころではないか」

「あれほど多数の死者をだした賊ですから、ふたたび公子何さまを襲うことに、二の

足を踏んだにちがいありません。決行するについては、いくつか条件をだしたでしょう、かならず成功するために」

「その条件とは――」

公孫龍は嘉玄の目を視て問うた。

光と影

敵の正体がわからないだけに、さまざまなことを想定しておかなければならない、と嘉玄《かげん》はいう。

「公子何《か》さまを殺したい賊が、邯鄲《かんたん》の外にいるとしましょう」

「ふむ……」

嘉玄の話は整理がゆきとどいているので、それをきく公孫龍《こうそんりょう》も脳裡《のうり》に斂《おさ》めやすい。

「公子何さまを暗殺したい首謀者にそそのかされた賊の立場になってみればよいのです」

「さきの失敗に懲《こ》りているから、用心深くなっているだろう」

「当然です。公子何さまの宮室を警備する衛士は五人にすぎず、客室に滞在している商人六人もその護衛に加わるようなので、公子何さまを守る者は十一人となるが、それくらいの人数を蹴散《けち》らすのは、赤子《あかご》の手をひねるほどたやすい、といわれた賊が安易に城壁を越えようとするでしょうか」

嘉玄の目に微笑が浮かんだ。公孫龍も軽く笑い、

「そなたが考えていることが、ようやくわかるようになった」

と、いった。賊の四、五十人が宮城内に侵入して公子何を襲えば、事は成る。しかしながらその実行には多くの困難がともなう。

まず、武器をもった四、五十人がまとまって都内にはいれば、都民に通報されるか役人にみとがめられる。それをかわすために、賊は三々五々集合場所をめざすことになるが、夜襲を決行するとなれば、いちど郭《かく》内からでて城内にはいるわけで、牆壁《しょうへき》をふたつ越えなければならない。

「公子何さまを暗殺するだけであれば、めんどうなことは避けたい。牆壁越えは危険が大きすぎる。となれば、公子何さまが外出するときを狙《ねら》えば、事はたやすい」

おそらく賊は、いつ公子何が城外にでるか、首謀者に問うたであろう。あるいは、公子何が外出するように仕向けてもらいたい、と首謀者にたのんだであろう。

「ご推察の通りです。しかしながら、公子何さまはあれ以来、いちども外出なさっていません。周招《しゅうしょう》どのがあれこれ理由をつけて、公子何さまを城外にださなかったのです」

「なるほど、それが周招どのの擁護《ようご》策か。待てど暮らせど、公子何さまは城からでない。賊と首謀者はあてがはずれたであろう」

数か月も賊が動かなかったわけが、公孫龍にようやくわかった。

「周蒙《しゅうもう》どのに問うたところ、趙《ちょう》王は中山《ちゅうざん》攻めはとうに中止して北へ北へとすすみ、代《だい》に到って、西に軍頭をむけたとのことです。となれば、帰還は来春になると予想されます」

「趙王は北の果てまで征《い》ったのか」

公孫龍は嘆息し、すこし目をつむった。趙王がみている天地の広大さを想像してみた。

――うらやましい。

趙王は、北へ北へ、西へ西へと支配圏を拡大しつづけている。その壮図《そうと》を公孫龍はうらやんでいるわけではない。趙王は支配欲が旺盛《おうせい》であるかもしれない。中原《ちゅうげん》における諸国の抗争をわずらわしく感じる質《たち》かもしれず、草木さえ生きられない砂の平原のなかに身をおいて、天空の色に染まっているのではないか。それが趙王にとって至福の時であるにちがいない。べつのみかたをすれば、それこそが忘我《ぼうが》の時であり、我《が》執《しゅう》から離れたくても離れられない公孫龍にすれば、そういう時をもてる人がうらやましい。

嘉玄の声がこの公孫龍の想念を破った。

「首謀者と賊がいつまで公子何さまの外出を待ちつづけるのか、わかりませんが、そろそろ待ちくたびれるころです」

「われもそう想《おも》う」

「つぎの手は、いよいよ牆壁越えです」

「賊は死にものぐるいになる。そうまでして賊が公子何さまを殺したいわけがわからぬ」

公孫龍は首をかしげた。

「わたしもわかりません。が、その執念深さを首謀者が利用しているにちがいありません」

「狡《ずる》い男がいるものだ」

「王城内は賊にとって死地になりうるので、かならず公子何さまを殺すために、首謀者にいくつか条件をだすはずです」

「ふむ。それは――」

公孫龍は上体をすこしかたむけた。

「ひとつに、公子何さまがかならずご自身の宮室にいる日を知らせてもらうこと」

「あっ、そうか」

公孫龍は急に憶《おも》いだした。城外にでなくなった公子何は、城内をめぐり、客室にくることもあれば、弟の公子勝《しょう》の宮室で遊び、そこに泊まることさえある。そのように公子何の居場所を移動させているのも、周留の智慧《ちえ》であろう。

「公子勝さまの宮室に配された衛士はふたりだけで増やされてはいない。むしろ賊は、公子何さまが公子勝さまの宮室で泊まる日をたしかめて襲撃したほうが、事を成しやすいのではないか」

公孫龍がそういうと、嘉玄は首をよこにふった。

「公子勝さまの宮室には、賊を手引きする者がいません。わたしはそうみています」

「おどろいたな。では、公子何さまの宮室で働く者のなかに、暗殺に加担する者がいるのか」

「かならずいます。その者がいなければ、牆壁は越えられず、宮室にも近づけません。宮室のなかに踏み込むのに、内から戸をあける者がいなければ、賊はなすすべがありません」

「ぶきみなことを、はっきりといってくれたな。その悪人の手先がたれであるか。なんじの目であれば、もうみつけたのだろう」

「ところが……」

嘉玄は苦《にが》く笑った。

「わからないのです。鉅鹿沢《きょろくたく》のほとりで襲撃に失敗した首謀者は、公子何さまの宮室で働く者のなかに間者《かんじゃ》をもぐりこませたにちがいないのに、怪《あや》しい者はひとりもいません」

「暗殺失敗以後に、下働きとしてあらたに加わった僕婢《ぼくひ》がいれば、その者がそうだろう」

嘉玄はすこしうなずいた。

「三人います。しかしながら、その三人は、周袑どのと周蒙どのが、素姓《すじょう》をたしかめ、家族をも調べて選んだ三人です。むろん、いままで怪しいそぶりをしたことは、いちどもありません」

「すると、以前から、その宮室で仕えている者のなかに、首謀者に通じている者がいることになるが……」

「そうですねえ……」

めずらしく嘉玄は浮かない顔をした。

——この慧眼《けいがん》を晦《くら》ますほどの難敵が城内にひそんでいるのか。

もしかすると公子何のいのちを狙っているのは、ひとりではない、と想像できるが、この発想は公孫龍の憂鬱《ゆううつ》を濃くするだけであった。

「そういえば、召公《しょう》が燕《えん》からもどってきたとはきかぬが、どうしたのか」

「あっ、そのことを申しそびれていました。たぶん、ですが、公は燕において幽閉《ゆうへい》されてしまいました」

公孫龍はおどろいた。

「幽閉された……、なぜだ」

「理由は、推測するしかありませんが、あなたさまを途中で殺害したという嫌疑がかけられたのではないかと——」

「まさか」

「洋真《ようしん》が燕へ行って聞き込んだところでは、燕王は多くの人をだして、水中に沈んだあなたさまの遺体を捜させたようです。遺体がなかったとなれば、船が沈んだことも妄《うそ》ではないかとなり、真相をつきとめたい燕王は召公の告白を待つあいだに、使者を周都へ遣《や》り、ほんとうに王子を出発させたのか、と周王に問うでしょう」

公孫龍は身をそらした。

「燕王の使者が、趙の国内で調査をはじめたら、せっかくの召公の幻術が看破され、われは燕へいやでも送られてしまう」

「この幻術は質が高いです。まず見破れないでしょう。あなたさまは巷間《こうかん》におらず、趙の王城のなかにいるのです。人目につくはずがありません」

「昆剛《こんごう》が喋《しゃべ》れば、すべては露見する」

「ご心配にはおよびません。昆剛はすでに周へ帰されました。あの者は生粋《きっすい》の武人です。口が裂けても、あなたさまの転身については話さないでしょう」

「そうか……」

王子であった者が王子でなくなる、たったそれだけのことが、多くの人々に困惑を与え、苦難をもたらしている。公孫龍は心のなかで、放っておいてくれ、われは生きたいように生きるだけだ、と叫んでみるが、現実は単純ではない。

「召公はいつまで幽閉されるのだろうか」

「さあ、それは――」

「来年になっても幽閉が解《と》かれないのなら、われが燕へ往《ゆ》き、召公を救いだしたい」

「あっ」

と、小さく叫んだ嘉玄は、声を立てて笑った。一瞬、この人ならやりかねない、と感じたからである。その笑いを斂めた嘉玄は、

「賊は夜中に公子何さまを急襲するでしょうから、手引きの者を求めるほかに、宮室

と庭の地図を求め、防禦《ぼうぎょ》のしかけについても知りたがっているでしょう。条件とは、それらのことをいいます」

と、述べた。

「なんじは燎《にわび》の数を増やし、あらたに柵《さく》を建てた。が、内通者はそれらについても、首謀者に伝え、首謀者は賊に伝えている。いわばつつぬけだ。それでもわれらは公子何さまを守りぬけるのか」

「正直なところ、わかりません。わたしは召公の臣であり、主君から命じられたことは、ただひとつです」

「それは――」

「あなたさまを守りぬくこと、それだけです」

率直《そっちょく》な告白である。

――召公とは、そういう人か。

公孫龍という庶民になった者を、いのちがけで守る臣を付けてくれた召公祥《しょう》の深意とはどういうものであろうか。それを無限の親切心であると勘《かん》ちがいしてはなるまい。政治的配慮であるとおもうべきである。それでも、召公の厚意を公孫龍は感じざるをえなかった。

「なあ、嘉玄よ。賊はすべて悪人だろうか。公子何さまおひとりを守るために、多くの賊を殺す。正義がこちらにあるので、その行為は正しい、というのは、われらのいいぶんだ。賊からみれば、公子何さまこそ、元凶かもしれず、公子何さまを護衛するわれらは悪の手先ということになるかもしれぬ」

最近、公孫龍はしきりにそう考えるようになった。

「この戦乱の世にあって、正義がどこにあるか、というのはむずかしい議論になります。昔、大盗賊であった盗跖《とうせき》は天寿をまっとうしました。人の財を強奪することにいささかも正義があるはずはないのに、天は盗跖を罰せず、生かしつづけました。なぜか、と天は人に考えさせたかったのでしょう」

「ははあ、なんじは物識《ものし》りだな。盗跖をうわまわる大盗賊は、趙王かもしれぬ。そうではないか。中山という一国を武力で奪おうとしている。盗跖は大家を襲ったことがあるかもしれないが、国家を襲ったことはあるまい。趙王は盗跖よりも何千倍も人を殺している。戦争という名がその殺害を宥《ゆる》している」

「あとは、天におまかせしましょう」

武勲というのは多数の敵兵を殺したあかしであるが、それが正義の勲章であるかどうかは、天にしかわからない。公孫龍が公子何を守ろうとしていることの是非も、天の判定にまかせればよい、と嘉玄は暗にいった。

公子何と公子勝がそろって客室にくるときは、かならず弓矢をもってきた。

――公孫龍は弓術《きゅうじゅつ》に長じている。

と、最初に気づいたのは、公子勝である。それゆえ公子勝だけが客室にきて、公孫龍に教えを乞《こ》うたが、それをあとで知った公子何も公孫龍に就《つ》いて習うようになった。

ふたりは公孫龍になついた。

趙は兵車を用いず、じかに馬に乗るので、弓矢も馬上であつかう。城内の一角に馬場があり、そこへ行っては二公子に騎射を教えたが、公孫龍自身は周蒙に就いて馬術の上達をめざした。武術の修練に明け暮れる公孫龍をみた周蒙は、

――どうみても、この者は商人ではない。

と、おもい、寒風が吹きはじめたころに、公孫龍とふたりだけになり、

「そなたが貴族の子弟であったことは容易に推測できる。従者も気骨のある者ばかりで、名家の家臣であったにちがいない。それについて詮索《せんさく》はしない。先日も周祒どのと話しあったのだが、趙王が帰還なさったら、そなたを推挙したい。どうであろうか、趙王にお仕えするというのは」

と、いった。

公孫龍は公子何を佐《たす》けるふたりの好意をうれしく感じながらも、

「以前、狭い天地しか知らなかったのです。趙にきて、その天地の広さにおどろき、さらに北へゆけば、天地は無限の広さになるでしょう。つまり、人にしばられたくないのです。しかし公子何さまとはふしぎな縁を感じています。全力でお護《まも》りしますよ。趙王がご帰着なさるとわかれば、わたしは燕へむかいます。荷の運搬の宰領《さいりょう》をまかせた配下が、かの地で足留《あしど》めをくらっているようなのです」

と、わけをこしらえて、ことわった。

「そうか……。良器をみつけたのに、残念だ。燕で困窮するようであれば、助けをだせる。昔、燕は斉《せい》軍に攻められて、国は大混乱となった。宰相《さいしょう》が君主となり、君主が臣従するという奇妙な事態にもなった。その後、宰相は逃亡したが死に、君主は戦死した。わが趙王はみかねて燕国を鎮静させるべく助力なさった。わが国は燕に多少の恩を売ったわけなので、王室を通して、市場にも圧力をかけられる」

「ああ、そうならないうちに、解決策をみつけるつもりです」

周蒙と周詔に深入りされると、召公祥の身分を知られてしまう。なるべく人にたよらないで良策を考え、実行してゆくのがよい、と公孫龍は心を強くした。

仲冬になった。

十日をすぎると、月光が明るさを増す。遅い夕食を終えた公孫龍は、庭にでて、長《なが》柄《え》の刀を立て、

「われに小石を投げてみよ」

と、童凜《どうりん》にいった。

「胴着《どうぎ》をつけていただかないと、けがをなさいます」

「いや、かまわぬ。手加減は要《い》らぬ」

「よろしいのですか」

飛礫《つぶて》の術を会得《えとく》した童凜は、いまや短剣さえ正確に投げることができる。足もとから数個の小石を拾って左の掌《てのひら》におさめた童凜は、その掌を帯のあたりまで上げた。小石はみえない。

「では――」

言下に小石が飛んだ。右手の動きが速すぎて、小石が両手のあいだからおのずと噴出したようである。これは嘉玄から伝授された幻術のひとつであろう。

しかし、おどろきの声を揚げたのは、当の童凜である。

公孫龍は長柄の刀を立てたまま、そのうしろに隠れた。長柄は公孫龍の全身を防禦できるほど太いはずがない。しかし童凜の目に、公孫龍の身体《からだ》がみえなかった。小石

は長柄にあたっただけである。小石をいくつ投げてもおなじことだとさとった童凜は、掌をひらいて小石を落とし、

「惶《おそ》れいりました」

と、地に片膝《かたひざ》をついた。

――刀を気《き》に変えよ。

白海《はくかい》にそう教えられた公孫龍は、工夫に工夫を重ねてきたのである。人の目は常識に左右される。以前、はじめて王城の外にでたとき、道案内の洋真の姿をみつけることができなかった。そこに在《あ》っても、みえない。それを切実に体験した公孫龍は、光と影の効果に想到した。

――洋真は建物の影のなかを移動していたのだ。

明るさに慣れた目には影のなかの人をみつけるのはむずかしい。その応用がいまある。公孫龍は樹木の影にはいり、童凜を逆光の位置に立たせた。長柄の刀だけには月光が当たる場所を選んだ。それだけのことである。

いや、それだけではないかもしれない。

公孫龍の目には飛んでくる小石がはっきりとみえた。その速度もおどろくほど緩《ゆる》やかで、まるで虚空《こくう》で止まりそうであった。ただし、なぜそうみえるようになったのか

は、わからない。

客室の軒下《のきした》に立って公孫龍と童凜の仕儀をながめていた白海は、引き揚げてきた公孫龍に、

「小石の当たった音がきこえてきました。無音になれば、奥妙《おうみょう》に達したことになります」

と、いった。

――また、また、むずかしいことをいう。

公孫龍は苦笑したが、ふと、白海は虚無感にうちのめされそうになる自分に難問をつきつけて、励ましてくれているのではないか、とおもった。剣はもともと邪気を払うためにあり、殺人のための道具ではない。その邪気を広義に考えてみると、この世は邪気に満ちているといえるので、心のなかで剣をふるわなければならないであろう。つまり剣術とは、おのれの精神を清め、高める術にほかならず、人と闘って勝つことなどは卑《いや》しく瑣末《さまつ》のことにすぎない。

――剣が音を立てた。

とは、公孫龍の精神に濁りがあるためだ、と白海が指摘したことになろう。

――われは白海に気をつかわせている。

それだけでも人としては未熟である、と公孫龍はおのれを責めた。

翌日、外出していた嘉玄がもどってくると、

「わずかではありますが、田不礼《でんふれい》邸に怪しい出入りがありました。賊がめだたぬように邯鄲にはいってきたのかもしれません。今夜から、かれらの急襲にそなえていただきたい」

と、公孫龍に報《しら》せた。夕食後に、みなを集めた公孫龍は、

「早ければ今夜、遅くとも三日後に、公子何さまの宮室は襲われよう。われらがどう動き、どう守るかは、先月に確認しあったが、再度、確かめあいたい」

と、いい、ひとりひとりに念を押した。半時後に、詰《つ》げ終えた公孫龍は、まなざしを嘉玄にむけて、

「しかしなあ……」

と、苦笑をまじえていった。疑問がある。ふつう、夜襲といえば、月のない朔《さく》（新月）を選ぶ。ところがいまは望《ぼう》（満月）へむかっている。城内に侵入した賊の姿は月光にさらされ、発見されやすい。

「それも、賊の策のひとつでしょう」

嘉玄は断定ぎみにいった。

「どんな策か」

とは、公孫龍は訊《き》かなかった。嘉玄はあらゆることを想定して備えを構築したはずである。臨機応変に関することを問うてもしかたがない。表情をひきしめた公孫龍は、

「もしも公子何さまが殺害されれば、その死の真相を隠すために、われら全員は捕らえられ、ひそかに処刑される。すなわち、われらの生死は公子何さまとともにある」

と、厳乎《げんこ》といった。公子何が横死したあと、その客を城外にだすほど甘い処置を、周紹がするはずがなく、もしかするとその死の罪を客に衣《き》せるかもしれない。

この公孫龍のことばに打たれたように、全員が醒然《せいぜん》とした顔つきになった。

賊は必死である。その必死さをうわまわる必死さを、こちらがもたなければ、戦いに負ける。

この夜は異状はなく、翌日は午後から曇りはじめ、夜、月はみえなかった。天空をみあげた牙荅《がとう》は、

「今夜の襲撃は、なしですか……」

と、いった。はたして朝まで静かだった。

朝は雲が多かったが、いつのまにか晴れて、日没後の宵月《しょうげつ》は美しかった。天空は深い紫色となり、その色が玄《くろ》に変わるころ、月はますます白く、ますます明るくなった。

――賊が襲ってくるなら、今夜だ。

公孫龍は全身で予感している。この緊張がわずかにほころびたらしく、ねむりに落ちた。

かたかたと木鐸《ぼくたく》が鳴った。

賊の侵入を報せる音である。嘉玄が庭に張った紐《ひも》に人が触れると客室の木鐸が鳴るしかけである。

――やはり、きた。

公孫龍は跳ね起きて、長柄の刀をつかんだ。

直後に鉦《かね》が鳴った。童凜が打つ鉦である。その音が室内にひびきわたり、すぐに屋外で鳴った。この音は公子何の宮室にとどくであろう。庭に飛びだそうとする公孫龍をみた嘉玄は、

「白海先生をお借りします」

と、いったあと、火矢《ひや》を放った。

月下の闘い

月下に、火矢《ひや》が飛んだ。

嘉玄《かげん》の弓から放たれた一の矢と二の矢は、藁《わら》と薪《たきぎ》で造られた巨大な柱に中《あた》り、火焔《かえん》を立ち昇らせた。

ほかにも燎《にわび》があるが、広い庭を明るくするための工夫がそれであった。ただし月光がそうとうに明るいので、火柱を建てる必要はなかったかもしれない。

三の矢は、牆壁《しょうへき》の上に落ちた。

すると、火が牆壁の上を走りはじめた。脂《あぶら》を滲《し》み込ませた綱《つな》が火を放っているらしい。

——さすがに、嘉玄よ。

趣《はし》りながら公孫龍《こうそんりょう》は感心した。牆壁の上を走る火は、賊が侵入するためにつかった縄梯子《なわばしご》を焼き切るであろう。つまりその火は賊の退路を断つことになり、賊にすくなからぬ動揺を与える。

視界のなかに葛衣《かつい》の集団が出現した。

先頭の男にはみおぼえがある。

――あのとき、われと闘った男が、賊の首領か。

公孫龍は呼びかけた。

「よりによって、昼間ほど明るい月夜に襲撃にきた魂胆《こんたん》がわからぬ。死にきたようなものだぞ。闇夜《やみよ》にでなおせ」

が、首領はこの声には応《こた》えず、右手を軽く挙《あ》げて、背後の者に、

「射殺せ――」

と、命じた。首領のうしろには十人ほどの配下がいる。かれらは牆壁を登るのにさしつかえる長柄《ながえ》の武器をほとんどもっていない。剣と弓矢が主力の武器である。

言下に、弓が構えられた。矢が放たれるまえに、小石が射手の顔面を打った。童凜《どうりん》の飛礫《つぶて》がつぎつぎに賊に中った。

「いまだ――」

のけぞった賊をみた公孫龍は突進した。左右にいた牙荅《がとう》と磆立《しゃくりつ》も急速に前進した。この三人を援護するように、小石が飛びつづけている。

――戦いは、主将さえ倒せば、勝ちだ。

公孫龍は賊の首領だけを目で追って、襲ってくる者をやすやすと払い除《の》けた。磆立

がふりまわす鉞《まさかり》が夜気《やき》をふるわせ、賊をはじきとばした。賊の二、三人は空中で絶命した。牙苔の矛《ほこ》にも鋭気があり、相手を圧倒した。

——矢か……。

まっすぐに公孫龍にむかって飛んでくる矢があった。なぜかその矢は手でつかめそうな気がしたが、一歩跳んでかわした。

公孫龍は首領を追いつづけた。

賊は後退しつづけている。戦っている者の感覚としては、相手が退くのが早いので、多少の不審がある。

——わざと、こちらを追わせているのか。

公孫龍はそう感じたものの、嘉玄がなんとかしてくれるであろうと信じて、引き返さなかった。

ついに首領は牆壁に登った。猛追した公孫龍は、まだ炎が残っている牆壁の上まで駆け登った。

首領の剣が蒼白《あおじろ》い光を放っている。

——執念の光だな。

そうおもった公孫龍は、

「公子何《か》さまにいかなる怨《うら》みがある。死ぬまえに、われにだけおしえてくれてもよかろう」

と、いった。首領は息をととのえつつ、

「なんじは何者だ。商人ではあるまい」

と、問うた。

「はは、われは何者か、自分でもわからぬ。だが、幼児は汚《けが》れなき者であるゆえに、護《まも》ってやりたい。しかし、どういうわけか、幼児を殺害しようとするなんじを殺したくない。もしかすると、なんじは奸悪《かんあく》な者に騙《だま》され、利用されているのではないか」

首領は半歩さがった。公孫龍のことばが首領の胸を刺したのかもしれない。剣鋒《けんぽう》がかすかに揺れた。

「では、おしえてやろう。公子何の生母はわれの妹に無実の罪を衣《き》せて誅《ころ》した。そのあと、趙《ちょう》王はわが族をみな殺しにしようとした。公子何は父母の悪業《あくごう》をつぐなうべく、死なねばならぬ」

「ほう——」

「いまひとつ、おしえてやる。いまごろ、公子何は骸《むくろ》になっているであろうよ。むだな健闘であったな。さらばだ」

公孫龍にむかって剣を一閃《いっせん》させた首領は、跳躍した。直後に、その軀《からだ》は暗さのなかに落下した。配下のすべてが消えた。

牆壁の下におりた公孫龍に駆け寄った牙荅は、荒い息のまま、

「あえて月光の明るい夜をえらび、われらに追わせたのは、賊の策ですか」

と、不安をあからさまにした。

「そのようだ」

「むこうには嘉玄と白海《はくかい》しかいないのですよ。そこに童凜が加わっても、まにあわないのでは……」

「嘉玄が凡百《ぼんびゃく》の臣であれば、公子何さまは殺害されていよう。が、かれは、奇知《きち》をもっている。賊の策など、とうに看破していよう。そうおもったので、われは賊を追うことにしたのだ」

そういいつつ公孫龍は全力で走りはじめた。

遠くに木立《こだち》がみえる。

その木立は公子何の宮室と客室のあいだにあるといってよく、その暗がりを侵入口として賊の主力が襲ってくると予想していたのが嘉玄である。公子何の宮室と客室の備えの全容が内通者によって賊に伝えられていることは承知で、木立から遠くないと

ころに柵《さく》を建てた嘉玄は、宮室に高くない望楼《ぼうろう》があるのでそれを利用しようとした。望楼から屋根の上にでられるようにした。そのささやかな工事を見守っていた呉広《ごこう》は、

「公子何をここから逃《に》がすのかな」

と、いった。孫が心配なのである。嘉玄は幽《ほの》かに笑って、

「そうならないように工夫しているのです。賊の襲来をおききになったら、あなたさまはけっして公子何さまから離れず、奥の小寝《しょうしん》にお隠れください」

と、いった。望楼から屋根にでた嘉玄は、しゃがんで木立と柵を瞰《み》た。ここからそこまでは五十歩はある。ちなみにこの時代の一歩は一・三五メートルである。五十歩はふつうの弓矢の射程の外になる。

「いいだろう」

と、つぶやいた嘉玄は、その後いちども屋根にはでなかったが、賊の夜襲が予想されると、五人の警備兵を屋根の上に立たせて説明した。これらの警備兵のなかのひとりが賊に通じていれば、この秘策は潰《つい》えてしまうが、かれらを観察しつづけてきた嘉玄は、

――警備兵はたれも公子何さまを裏切らない。

と、みきわめた。そうであれば、賊を手引きする者は皆無《かいむ》のはずであるが、嘉玄の

視界のなかにいるたれかが内通者なのである。

童凜の打つ鉦《かね》の音が公子何の宮室にとどいたこの夜に、警備兵はすばやく宮室にはいり、棚《たな》の上の大袋をそれぞれつかみ、それを背負って望楼の階段を趨り昇った。かれらは望楼から屋根の上にでると、袋をひらいた。なかからでてきたのは、弩《ど》である。弩は、いしゆみ、とも呼ばれる大弓で、ばねじかけで矢が発射される。それらの弩の射程は六十歩で、矢は正確に飛ぶ。

屋根の上にならんだ五人は、弩をすえて矢を装塡《そうてん》した。ただし弦が勁《つよ》いので、この作業はたやすくない。弦を足で踏む弩もある。

賊は弩のことは知らないので、木立をでてすぐに柵を越えようとするであろう。嘉玄は賊の意表を衝《つ》くことのみを考えてきた。寡《すく》ない人数で公子何を護りぬくには、尋常な手段では成功しない。

はたして柵の上に数人の人影が生じた。すかさず矢が発射された。それらの矢は人影を消失させた。

賊がこの事態を理解するには時が必要であったらしく、しばらく木立のなかで動かなかった。やがて、七、八人がいっせいに柵を乗り越えようとした。ふたたび弩から矢が発射されて、五人が落ちた。が、射殺されなかった二、三人が宮室にむかって直

進した。このとき宮室の𢈘《まど》から矢が飛び、猛進してきた賊を斃《たお》した。嘉玄に童凜が加わって矢を放ったのである。直後に、

「童凜よ、上に——」

と、命じた嘉玄は、外にでて、火矢を放った。この矢は左手に火柱を立てさせた。それをみるまでもなく、嘉玄は右へ走った。賊は柵を越えるのをあきらめて、迂回《うかい》するとみた。いや、みたというより、迂回させたのである。

月下に、走る集団がある。十人ほどの賊が柵越えをあきらめて宮室に近づこうとしていた。が、かれらの眼前に六人がならんだ。屋根の上にいた五人の警備兵と嘉玄が矛戟《ぼうげき》をかまえた。いま屋根の上にいるのは、童凜ただひとりである。

賊は無言である。白刃《はくじん》をきらめかせて六人を襲った。が、ここでは長柄の武器が圧倒的に有利で、賊はつぎつぎに倒れた。しかしながら最後に戦った賊も逃げずに刺殺された。

——誇り高い族人なのであろう。

嘉玄は死者をながめながら、多少のやるせなさをおぼえた。

このとき、宮室の奥の小寝で、公子何を護るつもりで帳《とばり》をかぶってふるえていた呉広は、自分の名を呼ばれて、帳から顔をだした。

「われの名を呼ぶ者は、たれか」

この声をきいて、手燭《てしょく》をもって小寝にはいってきた者がいる。

「発県《はっけん》です。ごぶじでしたか」

「おう、発県か……、よくきてくれた。ここに公子もぶじでいる。賊は去ったのか」

「いえ、まだです」

「それでは、そなたはここにいて、公子とわれを護るように――」

この声には応えず、おもむろに手燭を柱にかけた発県は、剣をぬいた。それをみた呉広は、

「おう、おう、たのもしいのう」

と、はしゃぐようにいった。が、眉宇《びう》に憎悪《ぞうお》の色をだした発県は、剣先を呉広にむけて、

「老人よ。なんじの女《むすめ》が讒言《ざんげん》して、わが婚約者を誅した。罪のない者を処刑させたなんじの女の悪徳をなんじと公子はつぐなってもらわねばならぬ。死ね――」

と、叫ぶようにいい、剣で呉広の胸をつらぬこうとした。

「ひゃっ」

目をつむり、顔をそむけた呉広は、その剣をふせぐように帳をつきだし、身をのけ

ぞらした。

帳を裂いたその剣が呉広にとどくまえに、弾《は》ね返された。

「むっ――」

剣を構え直した発県は、いぶかしげに帳のうしろを視《み》た。人影がある。公子何のそれではない。おもむろに帳のまえまですすんだその者は、

「発県どの、あなたが内通者か」

と、いった。

「白海か――」

「発県どのよ、婚約者の嫌疑《けんぎ》を晴らすために、訟《しょう》をおこさなかったのか。正しい訴えを聴けぬほど趙王は暗昧《あんまい》ではあるまい」

「訴えは、公子何の生母によって、ねじまげられた。婚約者を失った悲しみがわかるなら、われの復讐《ふくしゅう》をさまたげるな」

「あなたこそ、ここを去るべきだ。呉広どのと公子何さまに罪はない。ふたりを殺しても、得る物はなにもない」

「問答無用――」

苛立《いらだ》った発県は跳躍して白海の首を狙《ねら》った。この鋭気はすさまじく、白海でなけ

れば、首を失っていたであろう。が、わずかに身を沈めた白海は、弧をえがくように刀をふるい、すっくと立ったときには、発県の軀は落ちるまえに生気を失っていた。

発県の助力者がほかの室にひそんでいないことを確かめた白海は、戦闘の音が熄《や》んだので、屋根の上の童凜を呼び、倒れている発県をみせて、

「かたづけよう」

と、いい、ふたりでその軀を庭へ運びだした。童凜のおどろきは弭《や》まない。

「発県どのが、賊のかたわれであったのですか」

「いや、そうではあるまい。個人の復讎だ。賊の侵入騒ぎを利用したのだろう。賊に内通したのは、賊を助けるためではない」

「へえ、そうなのですか」

童凜は白海の表情が冴《さ》えないのをいぶかった。

なぜか発県の軀を牆壁の上まで運んだ白海は、暗い叢莽《そうもう》を瞰たあと、

「下は鳥獣のすみかだ。発県の軀はかれらの餌《えさ》になろう」

と、いい、童凜の手を借りて、発県の軀を放擲《ほうてき》した。白海の表情がすこし明るくなった。

このころ、公孫龍らは警備兵と合流して、庭内に残っているかもしれない賊を探索した。牙荅と碏立は、牆壁からもどってくる白海と童凜をみつけ、

——なぜふたりはこんなところに……。

と、いぶかったものの、深くは考えずに、

「こちらは、どうですか」

と、訊《き》いた。白海が口をつぐんだままなので、童凜が、

「賊が隠れる場所などありません。公子何さまの宮室へゆきましょう」

と、あえて明るくいい、足を速めた。

半時後には、公孫龍ら六人と五人の警備兵が公子何の宮室に集合した。警備兵は宮室の外の警戒にあたり、公孫龍らは室内にはいって公子何の近くで警護にあたった。

朝を迎えたとき、緊張がほぐれたのか、公子何は、

「ねむくなった」

と、呉広にむかっていったあと、公孫龍を膝《ひざ》もとまで近寄らせ、その手を執《と》った。

「よく、われを護《まも》ってくれた。われはそなたに二度も救われた」

「かたじけない仰《おお》せです。これも天のご配慮でしょう。あなたさまには天祐《てんゆう》があるの

です。われらは天のお指図に従っただけです」

公子何は公孫龍の手をなかなかはなさない。

「われはそなたを側近としたいが、この願いは、いつかかなうのであろうか」

「わたしは天意にさからわずに生きたいとおもっています。天意がそうであれば、いつかお側《そば》に参ることになりましょう」

「ああ、そうなってもらいたい」

公子何にある孤独感がそういわせたのであろう。

ほどなくこの宮室に飛び込んできたのは、公子勝《しょう》である。宮城内には門が多く、夜明けにならなければ、それらの門は開かない。公子勝は夜中に兄の宮室に異変があったことを知ったが、

「みだりに動かれてはなりません」

と、宿直の臣に諫止《かんし》されて、駆けつけることができなかった。まんじりともしないで夜明けを待った公子勝は、門が開くや、兄のもとに急行した。

「兄上は、ごぶじか――」

「おう、勝か」

公子何は破顔《はがん》した。直後にふたりは抱きあった。

一時《いっとき》も経《た》たないうちに、宰相《さいしょう》の肥義《ひぎ》、傅相《ふしょう》の周紹《しゅうしょう》、その佐官の周蒙《しゅうもう》などが公子何の安否をたしかめにきた。かれらは公子何と呉広のぶじを確認したあと、庭にでて、死体の多さに驚倒《きょうとう》した。二十数人が死んでいる。

――この二、三倍が襲撃の人数であるとすれば……。

よく公孫龍らはあの人数で多数の賊を撃退したものよ、と周紹は大いに感嘆して周蒙と目語《もくご》した。宮中の廝徒《しと》などをつかって死体をかたづけさせた肥義は、呉広を見舞ううちに、客室係りの発県の凶刃が公子何に迫ったことを知った。おどろいた肥義は、

「上司である杠季《こうき》の顔がみえぬ。かれが発県を使嗾《しそう》したのか」

と、いきりたち、属官に命じて杠季を捜させた。ところが杠季は宮中の騒ぎを知らず、官舎でくつろいでいた。そこを捕縛《ほばく》された。連行されてきた杠季をひきすえた肥義は、

「客人が必死に公子何さまを掩護《えんご》したというのに、客人をもてなさねばならぬなんじは高鼾《たかいびき》で朝まですごした。あきれたことよ。なんじの下の発県が逆臣であると判明したかぎり、監視をおこたったなんじの罪は重い。獄のなかで反省せよ」

と、きつくいい、身柄を獄吏《ごくり》に引き渡した。審判がなされるのは、趙王が帰国してからである。

「それはそうと、発県の死体はどこにあったか」

　肥義は周紹に問うた。

「いちいち死体をたしかめず、運びださせてしまいました。呉広さまの話では、発県を斬った白海という客人が、死体を宮室の外にだしたそうです。公子何さまにその死体をみせたくないという気づかいのようですが……」

「さようか。それよりも、なぜ発県が公子何さまと呉広どのを殺そうとしたのか。そのことと賊の襲撃にどのような関係があったのか。調べてくれ」

「承知しました」

　一礼した周紹は、公孫龍らをねぎらうために客室へ行った。かれらは朝食を摂《と》っていた。公孫龍のまえに坐《すわ》った周紹は、

「よくやってくれた」

　と、いい、目礼《もくれい》した。公孫龍は笑い、

「これで来春まで賊の奇襲はないとはいいきれませんが、くれぐれも公子何さまを城外におだしになりませんように」

　と、いった。周紹はうなずいた。

「わかっている。賊が公子を撃つ機会は、もはやそれしかない」

そういつつ、周招はあらためて六人の客をながめた。これらの者の武術が非凡であることは疑う余地がない。商賈《しょうこ》であるというより、武闘集団であるようにみえる。

——ひょっとすると、墨家《ぼくか》かな。

昔、墨翟《ぼくてき》という思想家は侵略主義を批判するために、けっして攻めない、と主張して、

「非攻《ひこう》」

を説《と》いた。攻められたら守りぬけばよく、それを実践した。実際、墨翟とかれに従う者たちが守った城はいちども陥落しなかった。その事実から、

「墨守《ぼくしゅ》」

ということばが生まれた。それは当然、堅守、を指すが、意味が敷衍《ふえん》されて、けっして自説を改めない、ことにもつかわれるようになった。

墨翟が亡《な》くなってから七十年以上が経つが、墨家集団は消滅したわけではない。居住地を西方の秦《しん》へ移し、秦王のために働いている、と周招はきいたことがある。墨家の流派のひとつが公孫龍の集団であるとすれば、かれらが燕《えん》へ行くことは、燕王に招かれたことにならないか。墨家はいちど与えられた任務は、死んでも果たすようなの

で、公孫龍が燕王のために働くようになると、燕が強力になる。それは趙にとってうれしくない想像である。

――公孫龍を趙にとどめる工夫が要《い》る。

そう感じた周紹は、肥義のもとへ往《ゆ》き、意中をうちあけた。肥義は大息《たいそく》して、

「それは、むずかしかろうな」

と、いった。趙王は墨家の国内居住を容認しておらず、ましてかれらを傭《やと》うはずがない。

年があらたまった。

公孫龍は嘉玄の報《しら》せをうけて、郭内にいる杜芳《とほう》と洋真《ようしん》に会いに往《い》った。ふたりはすでに鵬由《ほうゆう》の別宅をでて、借家に住んでいる。比較的大きな家である。その家に棠克《とうこく》がいた。

「やあ、そなたは、釈《ゆる》されたのか」

召公祥《しょうしょう》の側近のなかの側近というべき棠克が、主君とともに幽閉されていたことを、公孫龍は知っている。

「ご心配をおかけしました」

棠克は深々と頭をさげた。

「いや、愁雲《しゅううん》が去ったわけではない。召公はまだ燕で囚《とら》われているのだろう」

「さようです。あらたに人質が到着しないかぎり釈放されません」

「それは、むりだ。王室には人質としてだせる男子がいない。弟はまだ幼児だ」

「わかっております。それでも報告のために、周都にもどらなければなりません」

燕王は照会と要求をおこなうために、使者を周王のもとへ遣《や》ったはずだが、それとはべつに、召公祥を囚えて帰還させないわけを、棠克をつかって説明させるのであろう。

棠克は翌日にあわただしく邯鄲《かんたん》を去った。

黙々《もくもく》と王城にもどった公孫龍は、五人を集めて、

「われのために召公が辛酸《しんさん》をなめている。われが召公を救うしかあるまい」

と、いい、燕へゆくことをほのめかした。

春が深くなった。客室に周祒と周蒙がきた。

「王が国境に近づいておられる。よく今日まで公子何さまを護ってくれた。公子何さまだけでなく公子勝さまも、なんじを慕っておられるので、あえておふたりにお会わせせぬ」

周祒は多少のつらさをみせて公孫龍にいった。

「わかりました」

公孫龍はふたりにむかって拝礼した。どうしようもないせつなさがある。が、公孫龍は心中で未練《みれん》を切り棄《す》てた。明日は、召公祥を救出するために出発する。それだけを意《おも》うことにした。

北の天地

邯鄲《かんたん》が工業都市として栄えるにつれて、近郊の山野は緑を減少させた。樹木は大量に伐採《ばっさい》されて、燃料となった。

その荒弊《こうへい》の地に植樹がおこなわれなかったので、荒壊《こうかい》がひろがって、殺伐《さつばつ》たる光景になった。

公孫龍《こうそんりょう》が車中から視《み》る前途に、風が吹くと、砂塵《さじん》が立ち昇った。

後尾《こうび》にいた馬車が急に速度を上げて公孫龍の馬車にならんだ。その馬車に乗っている童凜《どうりん》がうしろをゆびさした。

公孫龍はふりかえった。

砂煙《さえん》のなかに淡い馬車の影がある。

「われらを追ってくる者などいないはずだが……」

この公孫龍の声をきいた牙荅《がとう》は、手綱《たづな》を締《し》めて、

「休憩して、ようすをみましょう」

と、いい、並木をみつけると馬車を駐《と》めた。先行していた馬車はひきかえしてきた。

公孫龍の従者は洋真《ようしん》が加わったので、ひとり増えて六人となった。洋真とともに公孫龍の財を管理している杜芳《とほう》は邯鄲に残った。

木陰にはいった嘉玄《かげん》が、あたりをうかがうように観《み》てから、

「どうなさったのですか」

と、公孫龍に問うた。瓢《ふくべ》の水で喉《のど》をうるおした公孫龍は、

「ちょっとたしかめたいことがあろう」

と、いって、道をゆびさした。すばやく木陰からでた嘉玄は、手を翳《かざ》して、遠くを看《み》た。一乗の馬車がみえる。嘉玄のとなりに立った童凜が、

「邯鄲をでてすぐに追尾《ついび》してきたのです」

と、いった。

「そうか、よく気づいたな。われはまったく気づかなかった」

「むこうも駐まりましたね」

「密《ひそ》かに追跡したつもりなら、注意が足りなすぎる。賊の一味《いちみ》ではあるまい。正体をみぬくのは、たやすい。主《しゅ》に先に行ってもらい、われらがどこかに隠れていればよい」

「おや……、近づいてきますよ」

ふたりはいそいで木陰にもどった。

並木の近くまできて停止した馬車からおりた男は少壮《しょうそう》である。冠ではなく幘《さく》をつけている。かれはまっすぐに公孫龍にむかって歩いてきた。

——発県《はっけん》か。

公孫龍は内心微笑した。白海《はくかい》に斬られたはずの発県が死んではいないことを、その軀《からだ》を運んだ童凜から告げられていた。

発県は公孫龍のまえまでくると、片膝《かたひざ》をついて低頭した。

「白海の峰《みね》打ちで気絶したあなたは、骨折《こっせつ》もしたろう。けがは恢復《かいふく》なさったのか」

「ごらんの通りです。いちど死んで、蘇生《そせい》しています」

発県はすこし目をあげた。面貌《めんぼう》がずいぶん変わった。眉宇《びう》にあった陰気が消えた。

「はは、それはよかった。よみがえったあなたが、われらを追ってきたわけは——」

「白海どのの弟子にしていただきたい。それだけです」

「なるほど、そういうことですか。白海はわれにとっても剣術の先生ですが、あの人の剣は活人剣であって殺人剣ではない。あなたが白海に師事して剣術を修行してから、ふたたび公子何《か》さまを襲う魂胆《こんたん》であれば、許すわけにはいかない」

公孫龍は毅然《きぜん》といった。

発県はゆっくりと頭《かぶり》をふった。

「わたしは死の淵《ふち》に墜《お》ちたのです。発県はこの世から消えたのです。いまここにいるのは、復生《ふくせい》、というあらたな氏名をもった平民です。なんで趙《ちょう》の公子を狙《ねら》いましょうや」

「ほう、復生……」

復にはいろいろな意味があるが、この場合、くりかえす、ふたたびする、という意味であろう。

――さて、白海はこの者をどうするのか。

公孫龍のまなざしをうけた白海は、まえにでて、

「剣をぬいて、構えてみよ」

と、復生を起《た》たせた。復生は背負ってきた剣を袋からとりだし、白刃《はくじん》を白海にむけた。すぐに一笑した白海は、

「死者の剣とは……世にもめずらしい。剣だけが虚空《こくう》を漂《ただよ》っている。ほんとうに、なにもない。いわゆる無《む》とは、無が有《あ》る、といいかえたほうが正しいが、なんじには無さえない。そのような者に、剣術を教えられようか」

と、つき放すようにいった。

膝からくずれ落ちるように、両手とひたいを地につけた復生は、

「いちど死んだがゆえに、ほんとうに生きることを知りたいのです。あなたの剣は、それを教えてくれる。わたしは傷が癒《い》えてから、毎日、朝夕《ちょうせき》、城門のほとりに立ち、あなたが邯鄲をでる時を待ちつづけました。ここにいるわたしは生まれたばかりの嬰児《えいじ》であるとおもってくれませんか。どうか、あなたに随従《ずいじゅう》することをお許しください」

と、訴え、ひたいから血がでるほど、くりかえし地にうちつけた。

それをながめていた白海は、歩をすすめて復生の腕をかかえ、

「わかった。従者にはしよう。だが、われらは自身が死んでも公孫龍さまを護《まも》らなければならない。その覚悟がなんじに滲《し》みたら、剣術の弟子としよう」

と、いいきかせて、起たせた。

むきなおった復生は、公孫龍に頭をさげて、

「あなたさまが只者《ただもの》ではないことは、だいぶまえから、わかっていました。随従のお許しをたまわった今日から、わたしはあなたさまの従者でもあります。なんなりと、おいいつけください」

と、いった。くぐもりのない声である。復生の心底にある怨恨《えんこん》の炎は、どうやら消

えたらしい。

「復生というそなたは、公子の宮室で白海に斬られて死んだ発県とは、旧知のあいだがらだ。発県がなぜ復讎《ふくしゅう》したのか。そなただけが知っていよう。そのわけを、みちみち白海に語《つ》げてくれ。ただし、話したくなければ、こちらもあえて問わぬ」

公孫龍は手を挙《あ》げた。出発である。

邯鄲をでて鉅鹿沢《きょろくたく》までは、途中に邑《まち》はひとつもない。が、邑とはよべない小規模の集落はある。そこにさしかかったとき、鄙人《ひじん》が道傍《どうぼう》に並んでいた。先頭の馬車に乗っている嘉玄がすばやくおりて、

「なにがあるのですか」

と、杖《つえ》をついて立っている老人に訊《き》いた。老人はちょっと怒ったように嘉玄を睨《にら》み、

「王が凱旋《がいせん》なさる。まもなく先駆《せんく》の隊が到る。道にある物はすべて排除されるので、馬車を退《の》いておきなさい」

と、いい、杖で地をたたいた。

「趙王を観ることができるかもしれませんよ」

嘉玄にそうおしえられた公孫龍は、いそいで馬車を集落のなかにいれ、住人たちにまぎれて道傍に立った。

やがて先遣隊《せんけん》があらわれた。かれらは趙王が凱帰《がいき》する道に異物があれば、それをとりのぞいて、道を除払《じょふつ》する。その隊が通過して一時《いっとき》あとに、趙軍の中軍と武霊《ぶれい》王の隊がきた。道傍にならんだ鄙人は、万歳《ばんざい》をくりかえし唱えた。

——あれが趙王か。

馬上のひとりから光輝《こうき》が放たれている。その人物も胡服《こふく》の上に甲《よろい》を着けているが、ひときわ威風《いふう》がある。鬚《あごひげ》が濃い。

公孫龍は悠々と目のまえを過ぎてゆく武霊王をみつめたまま、

「われはあの王と対して勝てるか」

と、つぶやいた。対峙《たいじ》したら、いきなり威圧されて、竦《すく》みそうである。くやしいが、勝てそうにない。

——上には上があるものだ。

それを実感しただけでも、武霊王を自分の目で視たことに意義があった。近くに嘉玄がいたので、

「復生は剣をぬかなかったか」

と、問うた。

「どうやら趙王は仇《かたき》のひとりではなさそうです。復生が趙王の隊に斬り込んだら、わ

れらもその仲間とみなされて、みな殺しにされます」

「ぶっそうな者を従《とも》に加えたかな」

そうかもしれません。わたしの観るところ、復生は白海先生におよばないものの、そうとうな剣の使い手ですよ」

「ますますぶっそうだ」

軽く笑った公孫龍は、武霊王の隊のうしろをすすんでいた中軍が通過するのを待って、馬車を再出発させた。

翌日には趙軍の右《ゆう》軍と左《さ》軍を観た。

「晋《しん》の伝統的な呼称では、軍は、中・上・下なのですが、主家の晋を滅ぼした趙はそれを嫌って、中・右・左としたのでしょう。南方の楚《そ》軍が古くからつかっていた呼称です」

と、牙荅が蘊蓄《うんちく》を披露《ひろう》した。

昔、天子は六《りく》軍、といって、周《しゅう》王は天下でただひとり六軍を編制することができた。が、王室の威権が衰えるにつれて、軍事力も漸減《ぜんげん》し、ついに超大国である晋の軍事力にたよるようになった。ところが晋はふくらみすぎたせいであろう、韓《かん》、魏《ぎ》、趙という三国に分裂した。いま周を扶助《ふじょ》してくれているのは韓である。

――周はなさけない国になった。

趙軍の威勢をみせつけられた公孫龍は、くやしさを強烈におぼえ、眉宇を暗くした。

みおぼえのある鉅鹿沢のほとりに達し、そのまま北へすすむと津《みなと》に到る。おどろいたことに船着場に周蒙《しゅうもう》がいた。それに気づいた復生はあわてて布で顔を覆《おお》い、洋真のうしろにかくれた。おもむろに馬車からおりた公孫龍は、

「周蒙さまが、なぜ、ここに――」

と、笑顔をむけて、問うた。

「宰相《さいしょう》のおいいつけだ。燕《えん》までの船と筏《いかだ》を用意しておいた。それに公子何さまから託《たく》された物がある。そなたへの礼物《れいぶつ》だ。うけとってもらいたい」

周蒙が公孫龍にわたしたのは黒地に金糸の刺繡《ししゅう》がある袋である。

「なかを拝見してよろしいですか」

周蒙がうなずくのをみた公孫龍は袋をあけた。でてきたのは璧《へき》である。この円盤形の宝石は、実用から遠いところにあり、王侯の権威づけや祭祀《さいし》などのためにある。公孫龍が手にした璧は紫色の光沢が美しい。ただしさほど大きくはない。

「商賈《しょうこ》の身に、これは――」

公孫龍は困惑をあらわにした。すこし笑った周蒙は、

「袋に趙王室のしるしが縫われている。それさえみせれば、国境の出入りは自由であり、王城にさえはいることができる。公子何さまの意望がそれに籠《こ》められている、とわれはみたが、どうか」

と、いった。

「かたじけないおぼしめしです」

公孫龍は鄭重《ていちょう》に拝受した。

「では、われは、これで──。舟人《しゅうじん》をいかようにも使ってよいぞ」

この声を残して、周蒙は馬車に乗って去った。ひや汗をかいたらしい復生は布を顔からはずし、洋真を佐《たす》けるかたちで舟人のもとへ行き、さまざまなうちあわせをおこなった。

馬を車体からはずして筏に乗せた。車体を別の筏に乗せ終わると、八人は二艘《そう》の船に分乗して河水《かすい》にでた。

船は河水をくだってゆく。快適な船旅となった。まもなく初夏になるが、川面《かわも》をすべってくる風は涼《すず》やかである。以前、燕と趙のあいだを二、三回往復した洋真は、

「明日には燕の長城がみえてきます。その長城にそってながれる川を易水《えきすい》といいますが、じつは易水はもうひとつ北にもあって、それが武陽《ぶよう》という燕下都《えんかと》の南をながれる

河水にそそいでいます」

と、説明をはじめた。

同名の川がふたつあることをはじめて知った公孫龍は、

「燕下都とはなにか」

と、問うた。

「燕は二都制を採《と》っているのです。南にある武陽が軍事の都で、北にある薊《けい》が行政の都です。そこで武陽を下都と呼び、薊を上都《じょうと》と呼んでいます」

「ああ、わかった。古昔《こせき》、周が天下王朝を樹《た》てたときには、三都制であった」

公孫龍は周王朝に関する故事を教えられたことがある。その三都とは、行政都、軍事都、祭祀都である。時代がここまでくだると、諸国は国の威信を高める力を失った祭祀をおろそかにしている。

「棠克《とうこく》どのから語げられたのですが、召《しょう》公の身《み》柄《がら》は、薊から武陽へ移されました」

「そうなのか……」

と、一考した公孫龍は、わずかに笑《え》み、

「なんじと嘉玄は、幻術をつかう。幽閉所から召公を救いだすことはできないのか」

と、からかうようにいった。

「とても無理です。燕下都は東城と西城が接するかたちで、東城に宮殿があります。西城にも兵は多く、旅行者は城内での滞在は許されません」

「兵ばかりの城、というわけか……」

公孫龍は嘆息した。

「われら召公の臣は、大半が帰国しましたが、数人が薊に残っています。召公の釈放を待つためです。許可を得ての滞在です」

「わかった。では、まっすぐに薊へゆこう」

燕は趙よりも軍事色が濃いようだが、それはなぜであろう。燕は中原《ちゅうげん》での戦いに参加しておらず、隣国の趙に敵対しているわけでもない。

船は長城の端から北の易水にはいり、武陽の手前まで行って停まった。そこで馬と車体をおろし、薊までは陸路をゆくのである。

「馬車であれば、四日で着きます」

と、洋真はいった。途中に、涿《たく》、という邑しかない、ともいった。

——ますますさびしい光景だが、ますます天地が広くなる。

車中で深呼吸をした公孫龍は、爽《さわ》やかな風を感じた。燕にはまだ豊かな緑が残っているせいであろう。風がよごれていない。

四日目に、薊にはいった。

召公祥《しょう》の臣下が住んでいる家は大きいとはいえない。公孫龍がなかにはいると、座談をしていた四人がいっせいに口を閉じ、この不意の客の正体をみさだめるような目つきをした。

「あっ――」

四人はあわてて居ずまいを端《ただ》して平伏した。この光景をうしろからのぞきこむように視ていた復生は、首をかしげ、

――ますます公孫龍という男がわからなくなった。

と、おもった。

四人のまえに坐《すわ》った公孫龍は、みなの顔をあげさせ、

「迷惑をかけたな。召公は、かならずわれが助けだす。それまで辛抱《しんぼう》してくれ」

と、ねんごろに声をかけた。四人は肩をふるわせて泣いた。公孫龍は一時ほどこの家にとどまって、四人から経緯《けいい》をきいた。それは、さきに棠克からきかされた話をうわまわる新奇さをもっていなかった。

やがて嘉玄が到着した。

「借家の手配をしてきました」

都内にはいるとすぐに馬車をちがう方角へ走らせた嘉玄の早業《はやわざ》とは、こういうものである。

馬車にもどった公孫龍は、

「また妾宅《しょうたく》ということはあるまいな」

と、いった。嘉玄はめずらしく哄笑《こうしょう》した。

「じつは、そうなのです」

趙の富商《ふしょう》である鵬由《ほうゆう》が紹介してくれたのは、

「光霍《こうかく》」

という燕の富人《ふじん》で、この人物は北方の異民族と交易《こうえき》をおこなうほかに、馬の生産をおこなっているらしい。

「妾宅にわれらが乗り込んでゆけば、その宅《いえ》の主《あるじ》の迷惑になろう。そのあたりは――」

「はは、ご心配にはおよびません。光霍は先年に正妻を亡《な》くし、妾《しょう》を正妻として迎えるところなので、その宅が空《あ》くということです」

「うますぎる話だ」

「まことに……。しかしこれは、天があなたさまのために道を拓《ひら》いてくれている、そうではありませんか」

「うむ……」

公孫龍は目をあげた。ここまで天の配慮があるのなら、召公祥をとりもどせないはずがない。しかしその手段は、見当もつかない。

馬車がめざす宅に近づいたとき、

「おや、あれは――」

と、嘉玄が怪訝《けげん》な声を揚げた。宅のまえに女が立っている。その左右にならんでいる十数人は女に仕える家人のようにみえる。

「たいそうな出迎えだ」

公孫龍が微笑しながら、そういうと、嘉玄はとまどいをかくさず、

「解《げ》せぬことです。鵬由の紹介状に、なにが書かれていたか、わたしは知らずに、光霍に手渡したのです」

と、いい、手綱をしぼった。

「悪いことは書かれていなかったようだ」

まったくためらうことなく馬車をおりて、まっすぐに女のまえまですすんだ公孫龍は、

「光霍どののご厚意に甘えさせてもらう公孫龍です」

と、いい、軽く頭をさげた。

——この若者が、主人の賓客《ひんかく》……。

女はおどろきつつ公孫龍を凝視して、さらにおどろいた。これほどの好男子《こうだんし》をいままでにみたことがない。外貌《がいぼう》にまぶしいほどの光がある、と感じたのは女独特の勘《かん》であろう。

このとき公孫龍もおどろいていた。

——母に肖《に》ている。

それに、女の夭《わか》さもおどろきであった。自分より一、二歳上であろう。その歳《とし》で富人の正妻におさまることは奇異でないにせよ、それ以前に妾であったとすれば、何歳から光霍に仕えたのであろうか。

「さ、なかへ、どうぞ」

女にそういわれた公孫龍は、おもむろに歩《ほ》をすすめながら、

「失礼ですが、あなたのことをなんとお呼びすればよいのか——」

と、問うた。女に名を問うものではない、というのが古代からの礼である。

「胡笛《こてき》とお呼びください」

女はさらりと答えた。むろん胡笛は本名ではなく、通称である。

——えびすの笛か……。

まさかこの女が異民族の女《むすめ》であったとは想《おも》われない。笛の名手なのかもしれない。

そんなことを考えながら、家のなかにはいった公孫龍は、庭に宴席が設けられていることに気づいた。よくみると庭に引かれた疎水《そすい》のほとりに白髪の男が立っている。

「あの人は——」

と、胡笛に問うまもなく庭にでて公孫龍は、白髪の男に近づき、声をかけた。

「光霍どのですね。それがしは周の商賈で公孫龍といいます。ご高配をたまわり、感謝しています」

男はふりかえって、鋭い眼光で公孫龍を視た。やがて幽《ほの》かに笑い、

「あなたは趙の公子を二度も助けた。今度は、周の召公を助けようとしている。ちがいますか」

と、いった。

「その通りです。召公は恩人です。召公に罪のないことを燕王に訴え、幽閉を解《と》いてもらうつもりです」

「商賈のこころがけとしては、できすぎている」

と、いいながら、公孫龍に着席をうながした光霍は、みずからも腰をおろした。

「われは燕王室にかかわらないかたちで商売をしてきた。鵬由どのとはちがい、周に往《い》ったことがないので、召公についても知らぬ。ゆえに、あなたの力にはなれぬ」

「いえ――」

公孫龍はゆるやかに首を横にふった。

「こうして邸宅をお貸しくださるだけでも、お力添えをたまわったことになります」

「われは親切な男ではない。この宅をあなたに貸すのも、明年の春までとしたい。それでよろしいな」

「けっこうです」

公孫龍は光霍をながめて軽い困惑をおぼえた。白髪が印象的なので老人かと想っていたが、面貌を視れば、眉《まゆ》は黒く、面皮《めんぴ》はつややかで、眼光は炯々《けいけい》としている。

――四十歳前後なのではあるまいか。

いや、むしろ、年齢不明といったほうがよい。

公孫龍との話を終えた光霍は、宴席は胡笛にまかせたといわんばかりに、すみやかに去った。風のようにきて、風のように去る男かもしれない。おそらく光霍はまず胡笛に公孫龍をみさせて値踏みをさせ、価値がないと報《しら》されれば、会わないいつもりであったのだろう。光霍がもつしたたかさを胡笛もひそませている、と想ったほうがよい。

公孫龍の配下がそろって宴席についたとき、疎水の面にさざ波が立った。

郭《^{かく}》隗《^{かい}》先生

郭（かく）隗（かい）先生

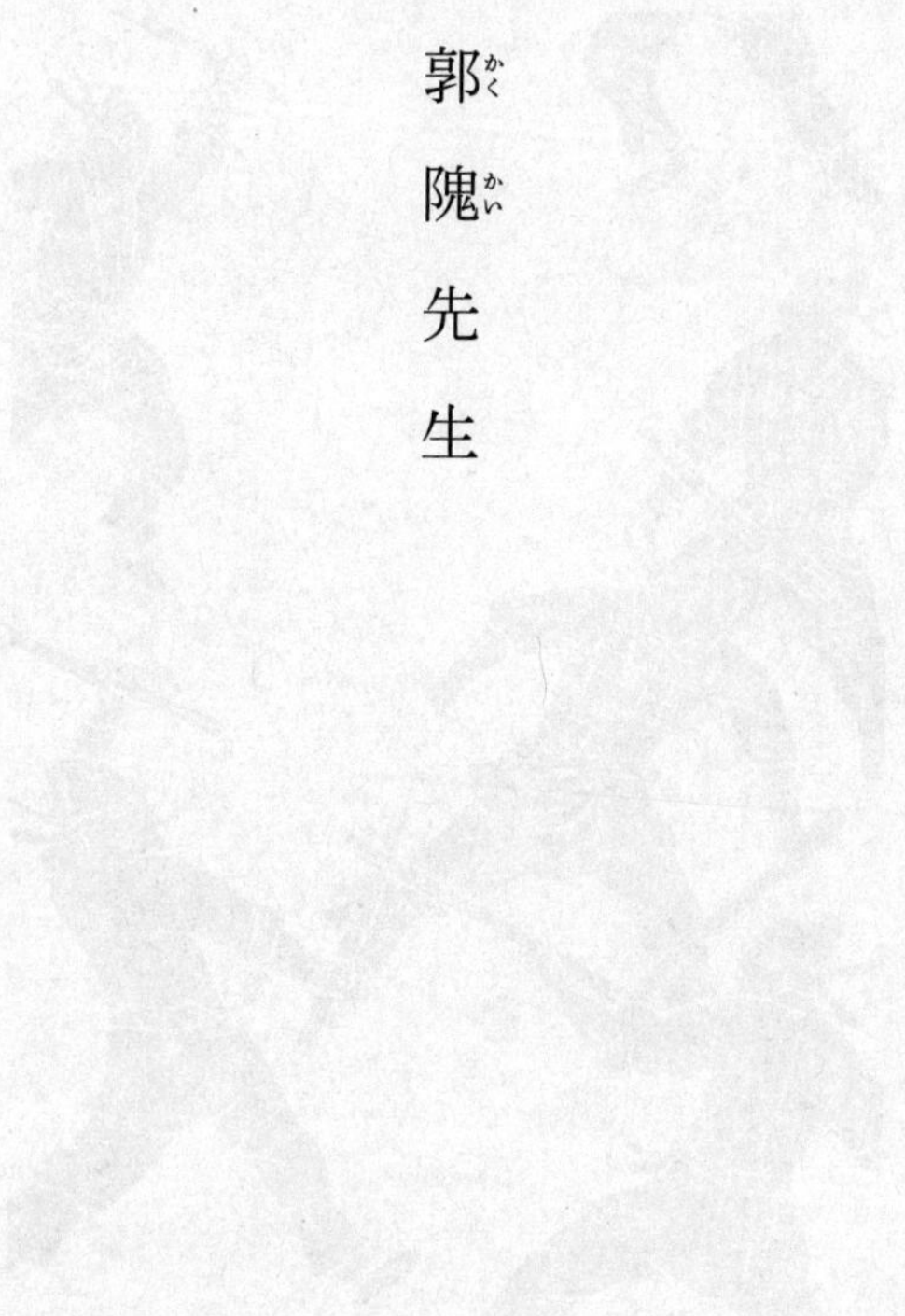

夏のあいだに、公孫龍《こうそんりょう》は燕《えん》の上都《じょうと》と下都《かと》のあいだを四往復した。下都の宮城内に幽閉されている召公祥《しょうこうしょう》を救いだす手段を求めつづけた。だが、

——救出のための緒《いとぐち》さえみつけられない。

というのが実感であった。下都である武陽《ぶよう》は東城と西城の接合によって造られていて、両城の南に濠《ほり》がわりの易水《えきすい》がながれている。公孫龍は武陽へ往《ゆ》くたびに、

「ここは巨大な要塞《ようさい》だ」

と、おもい、宮殿のある東城へ忍び込むむずかしさを痛感した。燕の国王は、

「昭《しょう》王」

と、いい、つねに上都にいるわけではなく、突然、下都へ移ったりするらしい。

秋のおとずれを感じた公孫龍は、みなを集めた。

「今日まで召公を助けだす道をさぐってきたが、どの道も閉ざされ、わずかな光熙《こうき》さえみつけることができなかった。残る道はただひとつ、われが燕王に直訴するしかないが、どうであろうか」

みなは静まりかえった。やがて嘉玄《かげん》がすこし目をあげて、

「はっきり申しますと、ここでは、直訴も至難のことです。庶民が燕王に拝謁《はいえつ》することは不可能で、書翰《しょかん》さえ燕王の膝《ひざ》もとにとどきません。それでもあなたさまが直訴なされば、即座に捕らえられ、処罰されるでしょう。燕はそういう国なのです」

と、公孫龍の軽率《けいそつ》さを諫《いさ》めるように述べた。

「そうか……」

公孫龍は長大息《ちょうたいそく》した。万策尽きた、というおもいである。

——召公はわれの身代わりとなって、この地で朽《く》ちてゆくのか。

そうさせてたまるか、という怒りが湧《わ》いてくる。その怒りが、おのれのふがいなさにむけられると公孫龍は血がでるほど強く唇を嚙《か》んだ。

集まった者たちも暗い表情でうなだれているだけなので、この陰気を払うように、

「酒家《しゅか》へゆこう」

と、公孫龍は全員を連れだした。薊《けい》の都内には三、四軒の酒家と二軒の酒楼《しゅろう》がある。酒楼は上等な料理屋であり、公孫龍がゆく酒家は庶民の溜《た》まり場である。

「寅翁《いんおう》」

と、よばれている酒家は酒のほかに旨《うま》い肴《さかな》もだしてくれる。牙荅《がとう》がみつけた店であ

る。家のなかには莚《むしろ》のほかに毛皮が敷かれている。公孫龍と従者がその毛皮の席を占めて酒を呑《の》みはじめたときに、四人の客がはいってきた。その四人は公孫龍から遠くないところに坐《すわ》った。

——旅行者か……。

四人の旅装は埃《ほこり》にまみれている。薊に到着したばかりなのであろう。かれらは酒を口にすると人心地《ひとごこち》がついたらしく、ひそひそと話していた声をすこし高めた。

とたんに公孫龍は耳を欹《そばだ》てた。

——これは天の声かもしれない。

四人がそそくさと酒家をでたあとも、公孫龍は無言のまま虚空《こくう》をみつめていた。このようすをいぶかった牙荅が、

「お酒がすすまないようですが、どうなさいましたか」

と、問うた。

「さきほどわれの近くで話し込んでいた四人を視《み》たか」

「ええ、まあ……」

「ひとりが主人で三人が従者であった」

「落ちぶれた士人《しじん》のようにみえましたが……」

「明日は、郭隗《かくかい》のもとへ往く、といっていた。自分を売り込むためらしい」

「ほう――」

牙荅は眉《まゆ》をひそめた。郭隗という名をどこかできいたような気もするが、何者であるのかは知らない。

「燕という国には、おもしろいしかけがあるらしい。そのしかけを作ったのが郭隗だとみたが、くわしく調べてくれまいか」

「はあ……」

酔いが醒《さ》めたような顔つきをした牙荅は、翌日から、郭隗について聞き込みをはじめた。燕は情報を集めにくい国であるらしく、牙荅が公孫龍に報告したのは半月後である。

「どうやら郭隗の遠祖は、虢公《かく》であったようです」

「ほう、虢公といえば、周の文《ぶん》王の弟であったときいている。あ、そうか。その虢が郭か」

公孫龍の知識を補足《ほそく》すれば、虢という国は四国あった。西虢、東虢、南虢、北虢がそれである。周王の連枝《れんし》なので、それなりの威権を保持し、軍事も盛んであったが、名門意識がわざわいして国力は伸張せず、それらの国は春秋時代（あるいはそれ以前）にはことごとく消滅した。

「郭隗は燕のかくれた名士で、あるとき、燕王は身を卑《ひく》くし、幣《へい》を厚くして、郭隗を訪ねたそうです。たぶん富国強兵の道をたずねたのでしょう。すると郭隗は、先《ま》ず隗より始めよ、と答えたそうです」

「それは、どういうことか……」

公孫龍は身をのりだした。

「郭隗はこういったそうです。帝者《ていしゃ》は師とともに処《お》り、王者は友とともに処り、覇者《はしゃ》は臣とともに処り、亡国《ぼうこく》は役《えき》とともに処る。富国も強兵も、人がすべてであるということです。師をみつけ、その師とともに生活することができる者が帝になることができる。国を亡《ほろ》ぼす者は僕役《ぼくえき》のような小人《しょうじん》をそばに置いている。ゆえに燕王が大望をいだいているのであれば、師として尊敬できる人、友として信頼できる人を招かなければならない」

「ふむ、そうだな……」

公孫龍はわずかに悲しげな顔をした。自分にとって師はいるのか、友はいるのか。

さらに、父の赧《たん》王はどうなのであろう。

「燕国のなかに大才、傑俊《けっしゅん》がいれば、さいわいであるが、どれほど捜してもいないとなれば他国から招くしかない。燕は北の果ての国なので、中華の者は二の足を踏む。それでも行ってみたいとおもわせるためには、破格の厚遇を用意していると喧伝《けんでん》する必要がある。そこで郭隗は、まず自分をおどろくほど厚遇していただきたい、といったのです。郭隗程度の名士が大臣とおなじあつかいをされていると知った諸国の賢人は、燕をめざしてやってくるにちがいない、というわけです」

「なるほど、それが、隗より始めよ、という内容か」

公孫龍は大きくうなずいた。

「郭隗がどれほど厚遇されているのか、それをたしかめるために、かれの邸宅をみてきました」

「それで——」

「おどろきました。黄金色に輝く宮殿でした」

牙荅は大息した。そのため息には羨望《せんぼう》がこめられている。

「燕王は大度《たいど》の人か。本気で、人材を集めようとしているらしい」

公孫龍は燕と趙《ちょう》の国情のちがいを感じた。趙はすでに富国強兵を成《な》し遂《と》げた国であり、工業も盛んで、おのずと天下の人々が集まってくる。が、燕という国には特徴がない。農業はもとより工業も趙より劣る。そういう劣勢を燕王は認識したうえで、

——人こそ、すべてだ。

という発想に立脚《りっきゃく》したのであろう。

「燕王に会ってみたい」

と、いいかけた公孫龍は、ことばをのみこんだ。翌日、牙荅と童凜《どうりん》だけを従えて、郭隗邸へ行った。なるほど燦然《さんぜん》たる台榭《たいしゃ》である。まぶしげに見上げた公孫龍は、門の脇《わき》にある塾《じゅく》の戸をたたいた。そこが訪問者の受付といってよい。

戸をひらいて顔をだした者は、公孫龍の身なりを一瞥《いちべつ》するや、

「商賈《しょうこ》の者は、裏門へまわれ」

と、冷ややかにいい、戸をしめようとした。その戸をおさえた公孫龍は、

「あなたのご主人は、天下の賢人《けんじん》を求めているときいた。その賢人とは、士《し》大夫《たいふ》でなければならないのか」

と、問うた。戸がびくとも動かなくなったので、ふたたび顔をだした男は、公孫龍を熟視して、

「なんじが賢人か」

と、揶揄《やゆ》するようにいった。

「それを判定するのは、あなたではなく、あなたのご主人だろう。今春まで、趙の公

子の賓客《ひんかく》であった者を門前払いしてよいのかな。ひとつの才能の去就《きょしゅう》が、一国の命運を左右することがある。あなたには、それがわかっているのか」

「趙の公子の賓客だと——。妄言《ぼうげん》もいいかげんにせよ。商賈ふぜいが、公子にもてなされるはずがない」

男の口から唾《つばき》が飛んだ。

「見聞が狭《せま》いあなたに、こういう物をみせても、わかるまいが……」

懐《ふところ》をさぐった公孫龍は、袋をとりだし、なかの璧《へき》を男にみせた。

「王侯貴族でなければ、一生のうち一度もみることができない璧という宝石だ。これを趙の公子から賜《たまわ》った者を追い返せば、明日から悪評が立ち、郭隗先生の名も廃《すた》れよう」

そういい放った公孫龍は踵《きびす》をかえした。しばらく歩くと、男が追いかけてきた。公孫龍は足をとめて、ふりかえった。男は軽く頭をさげて、

「さきほどは失礼した。主《あるじ》に取り次ぎたいところですが、主は王に随伴《ずいはん》して下都へ往《い》っており、帰宅は十一月下旬になります。十一月の末にはかならずいますので、お訪ねください」

と、鄭重《ていちょう》にいった。

「そうですか。では十一月の末に参ります。小生の氏名は公孫龍といいます」

公孫龍はそういったあと、半月まえに酒家でみかけた四人を想《おも》った。おそらく郭隗に会えず、むなしく燕を去ったであろう。

「十一月まで、なにがあるのかな」

馬車に乗った公孫龍は牙荅に訊《き》いた。

「さあ、なんでしょうか」

牙荅はさっぱり見当がつかないという顔をした。じつはこのとき、趙軍が北進して胡地《こち》を侵略していた。趙軍の位置は燕から遠かったが、いつ陣頭をめぐらせて燕に近づいてくるかわからないので、燕王と郭隗は用心のために武陽に移っていたのである。十一月下旬に薊に帰るという通達は二、三日まえにとどいた。それ以後になると、帰途が雪でふさがれてしまう。

「あなたさまは燕王の賓客になることをお望みなのですか」

牙荅には公孫龍の真意がいまひとつわからない。

「燕王の賓客か……、悪くないな」

公孫龍は答えをはぐらかした。

十一月の末まで、長いといえば長く、短いといえば短かった。白海《はくかい》に就《つ》いて刀術の

鍛錬をつづけた。十月のなかばに白海の教えをうける復生《ふくせい》をみかけた公孫龍は、

「ようやく発県《はっけん》は死んだということだ」

と、牙荅にいった。

「では、趙の公子何《か》さまへの怨《うら》みのわけを、白海先生にうちあけたのでしょうか」

「たぶん――」

その秘事が公孫龍にとって無益であると白海が判断すれば、胸にたたんで、なにも語らぬであろう。公孫龍としても、そのわけをあえて問う気もない。

十一月の末日になった。

おなじように牙荅と童凜だけを従えた公孫龍は、門塾《もんじゅく》の戸をたたいた。すぐに戸はひらいた。顔をだした男は公孫龍を確認すると、三人をなかにいれて、

「お従《とも》のかたはここでお待ちください」

と、いい、公孫龍だけをみちびくかたちで、庭を横切り、宮室にあがった。案内は別の男にひきつがれて、その男はきらびやかな堂にはいり、

「ここでお待ちください。まもなく主人がまいります」

と、いいながら公孫龍に着座をうながした。

――ここが面接室か。

過度の装飾がほどこされた室内をながめた公孫龍は、

——虚仮威《こけおど》しか。

と、内心嗤《わら》った。虚仮威しをおこなえば、それはかならず己身《きしん》に返ってくる。つまり真の賢人はこの室内をみただけで郭隗の人物鑑定に深みがないことを察して立ち去るであろう。

そんなことを考えているうちに、郭隗があらわれた。うってかわってじみな服装である。

——ははあ、これも鑑定法のひとつか。

心にゆとりのある公孫龍は、郭隗という人物にあるおもしろみに触れたおもいがした。いちど起《た》って郭隗の入室を迎えた公孫龍は、着座をうながされてから、おもむろに腰をおろした。こういう容儀を郭隗は心の目で観察しているにちがいない。客は主人よりさきに口をひらいてはならないので、公孫龍は黙っていた。ほどなく郭隗は、

「あなたは趙の公子の賓客であったときいた。その証《あかし》である璧をお持ちであるそうな。それをみせてもらえますか」

と、いった。郭隗は五十に近いといった年齢であろう。公孫龍はうなずきもせずに、袋のまま璧を手渡した。袋には趙王室の徴《しるし》がある。璧をとりだして熟視していた郭隗

は、それを袋におさめて公孫龍に返し、

「趙王室には三人の公子がいる。あなたはどなたの客になったのですか」

と、問うた。

「公子何さまです」

すこし表情をうごかした郭隗は、

「商賈のあなたが趙王の子の客になったのは、空前《くうぜん》のことです。どのようなわけがあったのですか」

と、いった。

「趙王室の密事《みつじ》にかかわることゆえ、話せません」

「ははあ、そうですか。ところで、わたしはまちがったことを、ひとついったが、あなたは訂正しなかった。いま趙王室内にいる公子は、ふたりであり、三人ではない」

公孫龍は笑った。

「それは笑談《しょうだん》ですか。公子章《しょう》、公子何、公子勝《しょう》が三公子でしょう。それとも、どなたかが亡《な》くなったのですか」

「いや、亡くなってはいない。そうか、あなたは知らないのか……。あなたを賓客としてもてなしてくれた公子何は、今年の五月に、趙の国王になったのです」

さすがに公孫龍は顔色を変えた。このおどろきのなかで、その予定を勘《かん》づいていた者が、公子何の暗殺をたくらみ、賊に実行させたのだ、と腑《ふ》に落ちるものがあった。それにしても十二歳の公子何に王位をゆずった武霊《ぶれい》王の意図《いと》はなんなのであろう。

「趙の先王は、主父《しゅほ》、と自称して、いまごろは西北の胡地を侵して、西へ西へとすすんでいる。そのまますすめば、秦《しん》に到るかもしれない」

郭隗はそう予想した。実際、秦の国境に到った主父は胡族の使者になりすまして、秦の昭襄《しょうじょう》王（昭王ともいう）に謁見《えっけん》するという大胆なことをやってのけた。

「そうですか。うらやましいかたです」

おそらく主父は狭隘《きょうあい》な天地にしばられたくないのであろう。あるいは、最愛の后《きさき》の死を悼痛《とうつう》するあまり、心の傷の癒《い》えぬ己身を辺土の光と風にさらしているのだろうか。それなら主父を別の感情でみなければなるまい。

——それにしても、あの少年が、いまや趙の国王か。

公孫龍の胸裡《きょうり》でおどろきが鳴りやまない。それが、はっきりと容態にあらわれていたのであろう、目を細めた郭隗は、

——この者の純気《じゅんき》は本物だな。

「えっ、まさか——」

と、みきわめた。若いが未熟ではなく、勇気と知力をかねそなえている。燕王の側近におけば、どこまで伸びるかわからない良器だ。そこまで考えたとき、

——まさか、この者は、趙の間諜《かんちょう》ではあるまいな。

という疑いの影が、一瞬、射《さ》した。が、すぐに打ち消した。間諜が、趙の公子の客であった、というであろうか。下賜《かし》された璧をみせるであろうか。

「よろしい、わたしはあなたをまれにみる賢俊《けんしゅん》であると鑑《み》た。王に推挙するつもりですが、王にお仕えするという心志《しんし》をお持ちでしょうな」

郭隗にそういわれた公孫龍は、口もとをほころばせて、

「いえ——」

と、答えた。郭隗は眉をひそめた。

「王にお仕えしない……」

「あなたの客になりたい。ただし、王には一度だけ、拝謁したい。この願いをかなえてもらえますか」

生涯、たれの臣下にもなりたくない、という志望が公孫龍にはある。

「めずらしい願いですな」

郭隗はあえて苦笑してみせた。この若者の胸中にある意図をさぐりかねて、困惑を

笑いでかくしたといえる。

――この願いが亨《とお》ってもらわねばこまる。

それゆえ、ここで公孫龍は、

「わたしは、いつでも、趙の王城に出入りすることができるのです」

と、したたかさをみせた。

――ははあ、それで、われの客か……。

郭隗はすこしわかったような気がした。公孫龍は商賈の身分のまま燕と趙を往復したいのであろう。しかも公孫龍は趙の国王となった何《か》に近づける。燕としては公孫龍をつかえば、趙の動向は、手にとるようにわかる。

むろん、公孫龍によって、燕の内情が趙につたわる。しかし公孫龍は燕王に謁見するのは一度だけでよいといっている。燕王朝の中枢《ちゅうすう》には近づかない。すると公孫龍が趙へもたらす情報は、街談巷説《がいだんこうせつ》とたいして差はない。

――頭がよいな、この若者は。

すっかり公孫龍が気にいった郭隗は、

「わかった。あなたをわたしの客としよう。客室の用意がある。従者の人数は――」

と、問うた。

「七人です」

「たった七人で、燕まできて、商売をしているのか」

「事故があったのです。大半の者を帰郷させました」

「いま、どこに泊まっているのか」

「光霍《こうかく》の別邸です」

「光霍……。胡族と交易をおこなっている賈人《こじん》だな。十日後に、移ってきなさい。僕《ぼく》婢《ひ》も属《つ》けてさしあげるので、なんの気配りも要《い》らない」

「先生――」

突然、公孫龍は席からおりて平伏した。

「どうしました」

「わたしに学問をさずけてください。先生に師事したいのです」

本気であった。しばらく公孫龍をみつめていた郭隗は、やがて目を細めた。

「わたしがどのような思想をもっているのか、あなたは知らない。それでも、ですか」

公孫龍は仰首《ぎょうしゅ》した。

「人を観《み》れば、その人の思想も見当がつきます。先生が邪道《じゃどう》をもって人を惑わすでしようか」

「ふふ」

郭隗は笑った。いま百家《ひゃっか》は斉《せい》の国都に集まり、思想の優劣をきそっている。思想の鼎沸《ていふつ》の音が辺地まできこえている。郭隗はそういう華やかな風潮に背をむけて、文化の僻地《へきち》に居をすえた。しかもこの国は大乱によって荒廃し、学問などはみむきもされなかった。それでも郭隗は中華でくりかえされている戦争を厭《いと》い、もてはやされている思想に詐騙《さへん》を感じて、燕にとどまって、わずかな数の門弟に理法を教えた。燕の昭王に厚遇されるまで、郭隗は無名の学者であった。昭王も郭隗の思想の内容を知らず、郭隗という人を観て、すぐに信じたのである。

「客になりたい、弟子になりたい、ですか。いいでしょう。十日後には、王に謁見できるようにしておきます」

「ご篤厚《とくこう》、感謝します」

これで召公祥を救うことができる、と公孫龍は叫びたい気分で退室した。

塾で待っていたふたりは、もどってきた公孫龍から喜色を感じ、邸外にでるや、

「うまくいったのですね」

と、念をおした。

「十日後に、われらは郭隗邸へ移る。その日に、われは燕王に会えることになった。おそらく燕王が郭隗邸におみえになる。とにかく燕王に会ったときが勝負だ。負ければ、永遠に召公を救えない」

「わっ、主が郭隗に近づいたのは、そのためだったのですか」

童凜は仰天《ぎょうてん》せんばかりにおどろいた。

「ついでにいうが、われは郭隗先生に入門をゆるされた。みなにも聴講させたい。童凜よ、天が与えてくれた機会だ。この時間をおろそかにせず、学問にうちこめ」

公孫龍にそういわれた童凜は、さらにひっくりかえりそうになった。

燕《えん》王の賓《ひん》

雪がふりはじめた。

が、高床式の建物である堂《どう》の床はつめたくない。床の下に焼き石が敷《し》かれているので、床暖房になっている。

燕《えん》の昭《しょう》王は郭隗《かくかい》を、先生、と呼び、その尊敬が本物である証《あかし》を立てるつもりであろう、自身の宮殿に郭隗を呼びつけることをせず、みずから郭隗邸にでむいて意見を聴くという体裁《ていさい》をくずしていない。

この日が、その日であった。

昭王の最大の関心事は斉《せい》国の動静であるが、中原《ちゅうげん》諸国の異変にも無関心ではない。

「斉の孟嘗君《もうしょうくん》が秦《しん》に迎えられて相《しょう》になったというのは、まことですか」

「まことです」

郭隗は口ごもることなく答えた。

孟嘗君は氏名を田文《でんぶん》といい、斉の威《い》王の弟の子である。その器量はきわめて巨《おお》きく、その威勢はすさまじく、食客《しょっかく》を数千人も養えるほど富んでいた。二年まえに、韓《かん》と魏《ぎ》に懇請《こんせい》された孟嘗君は斉の軍に韓、魏の軍を合わせて楚《そ》を攻め、垂沙《すいさ》において楚軍を大破した。その大勝によって取った宛《えん》と葉《しょう》および楚の北地を韓と魏に与え、自身はなにも取らないというきれいな義俠《ぎきょう》を発揮して、天下の喝采《かっさい》を浴びた。

実質的に天下を運営しているのは孟嘗君であるという事実を認めた秦は、天下の輿《よ》望《ぼう》を秦に集めるために、孟嘗君を招いたのである。

「趙《ちょう》王、いや、いまは主父《しゅほ》か……、その主父は、二年まえに、謀臣の楼緩《ろうかん》を秦にいれて、秦王を輔弼《ほひつ》させた。それによって秦と趙は友好を増したのに、孟嘗君によってその関係が断たれることになりませんか」

昭王にそう問われた郭隗は大きくうなずいてみせた。

「主父はしたたかな人ですから、かならず手を打つでしょう」

「はは、主父は遠征中です。それでも、手を打ちますか」

「趙と秦とは同姓です。主父は秦とは争わないで河北の平定をめざしています。中山《ちゅうざん》を滅ぼしたあとは、燕に兵馬をむけるかもしれません。そうさせないためには、孟嘗君が秦にいてくれたほうがよいのです」

「なるほど……」

わずかではあるが昭王の表情に愁色《しゅうしょく》がでた。たびたび趙軍に攻められている中山国は、往時、斉と良好な関係をもっていたが、その関係が切れたため、孤立している。どの国も中山を援《たす》けないとなれば、滅亡は時間の問題であろう。

昭王は中山の君臣の頑冥《がんめい》を嗤《わら》えない。

——孤立無援では、国は傾く。

そんなことくらいわかってはいるが、燕の外交は活発ではない。趙とは敵対しないような姿勢を保っているが、同盟関係にはなっていない。

——主父を信頼できない。

これが昭王の真情である。近隣の大国は趙のほかに斉がある。ただし斉とは、

——死んでも、同盟したくない。

というのが、真情のなかの真情といってよい。

十四、五年まえに、燕は斉軍の乱入をゆるして、滅亡同然になった。その際、燕王と王族はもとより、大臣と重臣はことごとく死んだ。廃墟《はいきょ》のような国で、燕王の子のひとりであった昭王が即位したものの、数年間は、斉に属国あつかいにされた。その間、昭王は斉にたいして平身低頭しつづけたといってよい。

——われは仇敵《きゅうてき》に頭をさげるのか。

昭王は全身にくやしさが盈《み》ちた。同時に、小国の悲哀を痛感した。とにかく、人材

が払底《ふってい》し、産業が消えたこの国を富ませるのが先決であるとおもった昭王は、みずから賢能《けんのう》を求め、善言《ぜんげん》をきけば、すぐに実行した。その努力が実るようになったのは、即位してから十年目である。ちなみに今年は、在位十三年である。ようやく富国としての体裁はととのったものの、斉国と戦って勝てるほどの強兵はそなえていない。

「ところで、王よ、ちかごろわたしは若い商人を客としました」

と、郭隗はおもわせぶりにいった。

「ほう、先生が客を——。めずらしいこともあるものです」

「みどころのある者です。王室へのお出入りを許していただきたい。商人にしておくのは惜しいと王もおもわれるでしょう」

「そこまで先生を惚《ほ》れ込ませた商人を、みたいものです。その者の名は——」

「公孫龍《こうそんりょう》といいます。王がそう仰《おお》せになるとおもい、別室にひかえさせてあります」

「手まわしのよいことだ」

軽く笑声を立てた昭王は、ふたりの側近だけを従え、郭隗にみちびかれて、ほとんど装飾のない小部屋にはいった。

壁ぎわに立っていた若者が、昭王にむかって拝礼した。

昭王が席につくと、郭隗が坐《すわ》り、ついで側近が腰をおろした。若者はまだ立ってうつむいている。
昭王の目くばせを承《う》けた郭隗が、
「公孫龍、坐ってよい」
と、いった。このことばにうながされた公孫龍は、膝《ひざ》を床につけた。それだけでは
なく、ひたいも床につけて、
「王に、極秘に申し上げたいことがございます。なにとぞ、お人払いを――」
と、いった。おどろいた郭隗は公孫龍の懐《ふところ》からのぞいた巻物に気づき、起《た》ってそれ
をつかみ、
「これは、なにか」
と、鋭く問うた。公孫龍は顔をあげず、
「王に具申《ぐしん》つかまつる書です。そのなかに短剣はかくされておらず、わが身は寸鉄《すんてつ》も
帯びてはおりません。お疑いなら、ご側近のかたがた、どうぞお調べください」
と、いい、両手をひろげた。側近にかわって公孫龍の衣服をさぐった郭隗は、首を
横にふり、巻物を昭王に献じた。
昭王は公孫龍をみつめたまま、
「ここにいる三人は、われがもっとも篤《あつ》く信用している者である。室外にだす必要は

ない」

と、いった。

「この世には、王おひとりだけがおわかりになるという稀有《けう》な事情がございます。それがしが妄《うそ》を申したとおもわれれば、どうぞお手打ちになさってください」

公孫龍は必死である。余人をまじえず昭王と対話できなければ、召《しょう》公祥《しょう》を救うことはできない。ここが勝負の場なのである。

巻物を手にして公孫龍を黙って視《み》ていた昭王は、やがて左右に目をやり、郭隗に目をむけて、

「しばらく、外へ——」

と、低い声でいった。三人が室外にでたとみるや、昭王は巻物を披《ひら》いた。長文の書《しょ》翰《かん》であった。周《しゅう》都をでた王子稜《りょう》が今日ここに到るまでの経緯《けいい》が詳細に書かれている。それを読み終えた昭王は、ふっと涙を浮かべ、席をおりると、公孫龍の両肩をつかみ、

「なんじが王子稜か。顔をあげてみよ。おう、わが姉に肖《に》ている」

と、いった声がふるえた。

昭王の両腕からつたわってきた力に愛情の強さを感じた公孫龍は、胸を熱くしたが、あえてあとじさりをして、

「王子稜は水底に沈んだのです。その水死体からさまよいでた魂に血肉を添えて公孫龍という一人を作ったのが召公祥であり、かれは陰謀《いんぼう》の首謀者ではなく、また加担者でもありません。偽《にせ》の書翰を破棄して、周王の名誉を守り、あなたさまへの迷惑を除いたのです。かれほどの忠臣がいましょうか。正義を好み、邪悪を憎むあなたさまが、ながながと召公祥を幽閉していてよいものでしょうか。なにとぞ、ご寛宥《かんゆう》をたまわりますように」

と、訴えた。

大きくうなずいた昭王は、

「われは王子稜を殺した者が、たれであるかを知りたかった。王子稜が周都をまことにでたのか、とさえ疑った。周都をでたのが事実であるとわかれば、途中でなぜ消えたのか、と考えざるをえなかった。すると、どう考えても、王子稜に付《つ》き添《そ》ってきた召公が暗殺を敢行《かんこう》したにちがいなく、ほかに考えようがなかった。だが、周の君臣が王子稜を有害な存在とみなしても、燕へ送りだしてしまえば、難問は解《と》けたはずで、わざわざ殺すまでもない。それなのに、かれらは王子稜を途中で殺した。われには、そこがわからなかった。まさかそのようないきさつがあったとは、おどろくしかない」

と、いい、大息《たいそく》した。

「では、召公祥を釈放していただけますか」

「むろん――」

この昭王の声をきいた公孫龍は落涙した。それを凝視《ぎょうし》していた昭王は、

――この王子は臣下のために泣けるのか。

と、感動した。なるほど郭隗先生が、みどころあり、と観察して客にしたはずだ、と胸裡《きょうり》で微笑した。

「なんじはわが甥《おい》だ。死んだ王子稜の生まれ変わりとして、われを輔《たす》けよ」

「もとよりあなたさまをお助けする所存です。しかしそれは、あくまで商賈《しょうこ》の公孫龍として、郭隗先生の客のままでいたいのです」

「ふむ……」

公孫龍がきわめて賢良であると洞察《どうさつ》した昭王は、公孫龍の脳裡に画《か》かれている未来図がどのようなものであるか、それをみたくなった。商賈のままでいたいというかぎり、

――次代の周王になることをあきらめた。

と、判断してよいであろう。しかし公孫龍がふたたび王子稜の衣冠をつけて践祚《せんそ》す

るような事態になれば、燕はその嗣王《しおう》を擁佑《ようゆう》するつもりである。とにかく公孫龍を撫《ひろ》ったことは、

――この先、おもしろいものが、みられそうだ。

という予感を昭王に与えた。それから半時《はんとき》ほど公孫龍との対話をつづけた昭王は、しばしば感心し、ますます公孫龍が気にいった。それゆえ室外にでた昭王は回廊にひかえていた側近に、みじかく命じ、郭隗に会うと、

「公孫龍の邸宅を、先生の邸宅の隣に建てるように命じました」

と、いって、郭隗をおどろかせた。

なにはともあれ、この日、公孫龍は召公祥を救った。朗報を公孫龍の口からきかされた嘉玄《かげん》と洋真《ようしん》は涙をながして喜んだ。さっそくふたりは主君の釈放をこの地で待ちつづけていた四人に報《しら》せ、借家を引き払う支度にはいった。

五日後に、公孫龍は従者とともに、武陽《ぶよう》の南門から遠くない津《みなと》に立っていた。雪が舞っている。燕の王室は姞《きつ》姓であるが、周の王室の姫《き》姓に同化するように、旗は赤を用いている。白い花びらのような雪のむこうに赤い旗を樹《た》てた馬車があらわれた。

――ああ、ようやく……。

その馬車には幽閉を解かれた召公祥が乗っていた。公孫龍はすこし歩をすすめた。

馬車は公孫龍の眼前までこないうちに停まり、馬車をおりた召公祥がゆっくりと歩いてきた。かれは公孫龍のまえで跪拝《きはい》すると、

「おかげをもちまして、周へ帰ることができます」

と、いった。公孫龍はしゃがんで、召公祥の手を執《と》り、

「そなたがいなければ、われは生涯幽閉の身であったにちがいなく、天地の広さも、人の温《あたた》かさも知らずに畢《お》わったであろう。そなたこそ、われの恩人である」

と、いい、手をゆすぶった。目をあげた召公祥は、

「みじかい間に、あなたさまはずいぶん逞《たくま》しくなられた。人とは、このように成長するのか、とおどろいております」

と、微笑した。

「そなたが付けてくれた嘉玄は、いかにも重宝《ちょうほう》した。また洋真と杜芳《とほう》も誠実に働いてくれている。そなたが周に帰るとなれば、それらの臣を返さねばなるまい」

「その三人が、お気に召したのであれば、しばらくお貸ししましょう」

「それは、ありがたい」

公孫龍は笑いながら、召公祥を起たせ、桟橋《さんばし》までならんで歩いた。昭王は召公祥のために三乗の馬車を用意し、またそれらを載《の》せた筏《いかだ》と船も準備させた。船に乗るまえ

に公孫龍をみつめた召公祥は、

「あなたさまが次代の周王となれば、周は往年の威勢をとりもどすことができる。それはありありとわかります。それゆえ、周王への報告では、あなたさまを死んだことにはせず、行方不明ということにします。周王の周辺には、あなたさまを廃棄したい勢力があり、その勢力との暗闘は避けがたいことです。が、われらが勝って、あなたさまをお迎えしたい。それがわたしの望みです。なお、あなたさまが死んだのではなく、行方不明であるとすれば、周都から密偵と刺客が放たれるでしょう。くれぐれもご用心なさってください」

と、諄々《じゅんじゅん》といった。

「わかった。用心をおこたらないようにしよう。が、毒をふくんだ牙爪《がそう》は、われだけでなくそなたをも襲おう。生きて再会するためには、そなたも健勝であってもらいたい」

「はは、わたしはやすやすと斃《たお》されはしません」

召公祥は笑声を残して船に乗った。四人の家臣が乗船すると、纜《ともづな》が解《と》かれた。急に、雪が烈《はげ》しくなった。すぐに船と筏は淡い影となって遠ざかった。その影が消えても、川面《かわも》に落ちつづける雪をみつめていた公孫龍は、むしょうにくやしくなった。周の王子として周都にいれば、父にかわって諸大夫の軍を率いて戦陣に臨《のぞ》むことができたであろう。召公祥とともに敵陣を撃破する自分は、想像のなかだけで輝いているにすぎない。

牙苔《がとう》に声をかけられた公孫龍は、われにかえって、

「上都《じょうと》にもどったら、絹商人を捜し、車いっぱい絹を買ってくれ。邸宅を貸してくれた光霍《こうかく》への礼物《れいぶつ》だ」

と、いった。

八日後に、公孫龍は光霍に面会に行った。が、光霍は不在で、応接にでてきたのは胡笛《こてき》であった。公孫龍は絹を邸内に運び入れて胡笛にみせ、

「郭隗先生の知遇《ちぐう》を得たことで、恩人を助けることができました。そのうえ、郭隗先生から客室をさずけられましたので、すでにそちらに移りました。お貸しくださった邸宅は清掃し、塵《ちり》ひとつ残っていません。感謝の心を添えて、お返しします」

と、鄭重《ていちょう》にいい、頭をさげた。

「まあ、それは、それは――」

晴れやかな笑貌《しょうぼう》をみせた胡笛は、突然、

「あなたは何者ですか」

と、鋭くいい、また笑った。

「周の商賈にすぎません」

「商賈であるあなたが、天下の賢人を集めている郭隗の客というのは、どうみても奇妙ですね」

「そうでしょうか。郭隗先生がお求めになっているのは、すぐれた人だけではなく、すぐれた物もあるとすれば、わたしを重用《ちょうよう》してくれてもふしぎではないでしょう」

「ふふん」

胡笛は笑いを鼻哂《びしん》に変えた。

「それでも奇妙ですか」

わずかな哂《わら》いをも斂《おさ》めた胡笛は、公孫龍をまっすぐにみつめて、

「あなたはご存じない。王室の御用は、旭放《きょくほう》という賈人《こじん》が独擅《どくせん》しているのです。昔、幾人かの賈人が王室に売り込みにゆきましたが、かれらはことごとく半殺しの目に遭《あ》いました。郭隗邸に出入りしているのも旭放の家の者だけですから、郭隗に厚遇されたあなたも、かならず狙《ねら》われます」

と、忠告した。

「なるほど、そうでしたか。夜道は歩かないようにします」

「あっ、そう、そう」

胡笛は軽く手を合わせた。想《おも》いだしたことがあるらしい。

「半月まえに、あなたのゆくえを捜しているらしい男が、うちにきましたよ」

そういわれて公孫龍のどこかが緊張した。周の密偵ではないか。

「どのような男でしたか」

「ふたり連れでしたね。ふたりとも三十歳前後で、士という風采《ふうさい》でした。むろん、あなたのことはおしえませんでした。燕は旅人《たびびと》の長逗留《ながとうりゅう》をゆるしておらず、たとえ人捜しでも、国内でうろついている者は、通報されて捕らえられます。そのふたりがあなたのすまいをつきとめるのは至難でしょう」

「そうでしたか。ご配慮を、感謝します」

光霍邸をでて馬車に乗った公孫龍は、正体不明のふたり連れが周都から放たれた刺客であってもらいたくないとおもいながら、手綱を執っている牙荅に、

「やってくれ」

と、いった。馬車が動きはじめたとたん、

「あっ、そうか――」

と、公孫龍が奇声を揚げたので、牙荅はおどろいて馬車を駐《と》めた。

「どうなさったのですか」

「いや、いまごろ、気がついた。王室に売り込みにいった商賈は、旭放の配下に半殺しにされたというではないか」

「はあ、それが――」

「光霍もそのひとりであったのではないか。白髪になったのも、そのせいで、かなりひどい目に遭ったにちがいない」

「ああ、なるほど……、胡人《こじん》との交易《こうえき》で財幣《ざいへい》を積み上げたのに、王室とまったくかかわりがないのは、おかしいとおもっていました」

「われは王室に出入りできる。旭放がそれを知れば、かならずわれを襲わせる。それを逆手にとって、旭放に会ってみるか」

「おたわむれが過ぎます」

牙苔は軽く公孫龍を諫《いさ》めたが、郭隗邸の客室にもどると、旭放の横暴ぶりをみなに語り、外出時の用心を説《と》いた。

冬から春にかけて、公孫龍は学問に恵念した。春には、公孫龍のための邸宅造りが開始されたので、それを観《み》た郭隗は、

「はて、さて、これをどう解したらよいのか……」

と、つぶやいた。公孫龍が燕王の賓客《ひんかく》として厚遇されることは、まぎれもない事実となった。

すっかり雪が消え、道路のぬかるみもなくなったころ、公孫龍は牙荅と童凜《どうりん》だけを従えて一乗の馬車で王宮へ往《い》った。裏門へまわり、いぶかる門衛へ、

「呂飛《りょひ》さまへお取り次ぎを――」

と、商人らしい物腰でいった。商賈といえば旭放の家の者しかこないことを知っている門衛は、はじめてみる顔に不審《ふしん》をあらわにしたが、呂飛という名をいきなりだされたので、むげに追い払うわけにもいかず、公孫龍の名を上に告げた。

呂飛は燕王の腹心で、王城内で働く者であれば、廝徒《しと》でもその名を知っている。じつは、公孫龍は昭王から、

「王宮を訪ねてくるときは、呂飛の名を告げるように」

と、おしえられていた。その名の威力は大きく、公孫龍とふたりの従者はやすやすと門内にはいり、宮室に通された。牙荅と童凜は室外に坐った。その室にやってきた呂飛は四十代という容姿だが、はつらつさを発散していた。せかせかと入室すると、さきに公孫龍にむかって礼容を示し、

「あなたさまの邸宅は、夏には完成します。ご不便をおかけしていますが、ご寛容く

ださい」

と、いった。なにもかも、呑《の》み込んでいるいいかたであった。

「不便などはありません。それより、商売の話できたのです。わたしは趙の大賈《たいこ》である鵬由《ほうゆう》から、武器をはじめなんでも仕入れることができます。王室は旭放という賈人のみにお出入りを許しているようですが、そろそろほかの商賈を活用したらいかがですか」

「ははあ、それは王のご意向でして、王が独立なさるとき、ただひとり王を助けた賈人が旭放であったからです」

「王にも、旭放にも、信義の篤さがあることはわかりました。しかしながら、旭放は王のご信頼を笠《かさ》に着《き》て、王室に接触しようとした商賈をことごとくいためつけ、半殺しにしたそうです。そういう賈人を英明な王が愛顧なさっていてよいものでしょうか」

「それは、知らなかった。旭放が王の令聞《れいぶん》を傷つけていたのなら、逮捕して、罪をあきらかにしなければなりません」

「ちょっとそれは待ってもらいたい。王城内に旭放に気脈を通じている者がいるはずなので、わたしのことはすでに旭放の耳に達しているでしょう。帰途、わたしはかならず旭放の配下に襲われます。それを予想して手を打っておきましたから、ご心配なく」

そういった公孫龍は目で笑った。

「あなたさまは……、なるほど器宇《きう》が大きい。わたしはそれを見物させてもらいましょう」

呂飛は微笑を酬《かえ》した。

旭_{きょく}放_{ほう}と光_{こう}霍_{かく}

大路を多数の荒くれ者が塞《ふさ》いでいる。

車上の公孫龍《こうそんりょう》が目で算《かぞ》えてみると、その数は五十余あった。

「ずいぶん集めたものだな」

そういって笑った公孫龍は、その荒々しい集団を率いているらしい先頭の大男に馬車を近づけると、

「これほど豪勢な出迎えを旭放《きょくほう》にたのんだおぼえがないが、まあ、旭放によろしくいってくれ」

と、からかうようにいった。その声をきいた大男は、けわしげに眉《まゆ》を寄せ、

「うぬは、旭放さまに一言のことわりもなく王室に出入りした。旭放さまをないがしろにすれば、どういう目に遭《あ》うか、これからおもいしらせてやる」

と、吼《ほ》えた。

「いや、それは失礼した。では、これから旭放に会いにゆきたい。案内をたのむ」

「いまさら、ぬけぬけと――。もう、遅いわ。二度と王室に出入りできぬように、う

ぬの足を摧《くだ》いてくれよう」

大男が手を挙《あ》げたのをみた公孫龍は、御《ぎょ》をしている牙荅《がとう》に、

「やってくれ」

と、ささやいた。うなずいた牙荅は馬首をめぐらして小巷《しょうこう》に突進した。

「逃がすな」

男どもは猛追しはじめた。

小巷は橋につながっていて、その橋を渡って、ふたたび小巷をぬけると、野原にでる。野原のむこうにあるのは草木《そうもく》が密生している林である。馬車が通ることができる径《みち》はない。つまり、ゆきどまりであった。

そこで馬車をおりた公孫龍は、牙荅と童凜《どうりん》とともに追いかけてくる男どもを待った。

公孫龍の両手には棒がある。ただの棒ではない。鉄の芯《しん》がはいっている。牙荅の棒はかなり長い。矛戟《ぼうげき》のかわりである。童凜は馬車に残って飛礫《つぶて》の用意をした。ちなみに童凜は小型の斧《おの》も投げられるようになった。この斧の殺傷力はすさまじく、相手の首にあたればその首を切断し、頭にあたればその頭を割るほどである。が、ここでは、

「石をつかえ」

と、公孫龍にいいつけられている。

男どもがやってきた。

「やい、公孫龍、もう逃げ路《みち》はないぞ。うぬの運もここで尽きるか」

大男は黄色い歯をむきだして、けっ、けっ、と笑った。

「ほう、われの名を知っているのか。そこまで知っているのに、われが百人の敵を撃退したことを知らぬのは、調査不足だな。五十余人が相手では、戦いがいがない」

「なにをぬかすか」

と、大男がいったとき、公孫龍の背後の草が動き、人影が出現した。陽射《ひざ》しのなかまですすんできたのは、五人である。

白海《はくかい》、碏立《しゃくりつ》、嘉玄《かげん》、洋真《ようしん》、それに復生《ふくせい》である。

「な、なんだ、てめえらは――」

「せっかくのもてなしを、三人だけで享《う》けては、もったいないので、配下を呼んでおいた。さあ、どうするか」

「しゃらくせえ。やっちまえ」

大男の指図で前列の二十余人が猛然と突進した。この暴威《ぼうい》を超人的な力ではねのけたのが碏立である。ひときわ長くて太いかれの棒が、うなりを生じて、三人をはじき飛ばした。かれの棒がまわれば旋風を起こすことができる。つづいてふたりが宙に浮

かんで墜落した。それを目撃した牙荅は、

「措立ひとりで、五十余人を倒せますよ」

と、いって笑った。

「龍さま——」

この童凜の声とともに、石が飛んだ。脇《わき》へまわった三人の男のひとりが、ひたいをおさえてころがった。あとのふたりが公孫龍を襲った。ここではじめて公孫龍は二刀の型をためした。膂力《りょりょく》が強くなった公孫龍は、二刀をかるがるとふることができるようになっていた。公孫龍の棒は、ほとんど無音で、ふたりを突き倒した。

直後に、大男が公孫龍にむかってきた。

「それがしに、おまかせを——」

この声とともに、公孫龍をかばうように立ったのは、復生である。かれはさほど長くない棒をもち、襲ってきた長柄《ながえ》の鎌《かま》をすばやくかわすと、大男の手を撃った。たぶん、本気で撃つと、大男の手の骨はくだかれたであろう。だが、大男は顔をゆがめて武器を離しただけである。すかさず復生は大男の足をはらった。大男はよこざまに倒れて、もがいた。

——活人剣というやつだ。

白海の剣術における理念を復生は体現しつつある、と公孫龍はみた。

短時間に、二十数人が倒されたため、うしろにいた男どもは驚懼《きょうく》し、逃げ去ろうとした。しかしながら、退路は閉じられていた。百人ほどの男たちが堵列《とれつ》していた。かれらは、かつて旭放の手の者にいためつけられた商賈《しょうこ》とその家人たちである。怒気をふくんだ人垣《ひとがき》をみた男どもは、戦意を喪失《そうしつ》して、へたりこんだ。

すでに配下に指示を終えた公孫龍は、商賈のもとへゆき、

「すべての男どもを縛りあげて、旭放家のまえまで運んでください」

と、いった。商賈は五人いる。そのなかのひとりが光霍《こうかく》である。

半時後に、後ろ手に縛られた五十余人が、旭放家のまえにならべられた。

「あれは、なんぞや」

その異様をめざとくみつけた人々が集まってきた。その人数は増えるばかりである。

やがて、家のまえの時ならぬ喧騒《けんそう》をいぶかって、主人の旭放が数人の家人を従えてでてきた。旭放は五十代という年齢で、いかにも豪商らしい恰幅《かっぷく》のよさをもっている。

——やっと、おでましか。

内心嗤《わら》った公孫龍は、恐れげもなく旭放に近づき、

「あなたの手荒い歓迎の返礼にきた。うけとってもらおうか」

と、強くいった。が、旭放は冷笑し、

「このような者どもは、知りませんな。いいがかりも、ほどほどにしないと、燕《えん》国にいられなくなりますぞ」

と、突き放すようにいった。

「旭放さんよ、このなかにあなたの家人がひとりもいないはずがない。いまから全員を役人に引き渡せば、そのなかの数人は拷問《ごうもん》に耐えかねて、あなたの旧悪を白状するだろう。いや、それだけではない。やってもいないあなたの悪事を吐露《とろ》する者もでてくる。そうなると、あなたは死罪をまぬかれなくなる。燕王もあなたをかばいきれない事態になるということさ。さあ、どうする」

「なんですと」

さすがの旭放も顔色を変えた。この衆前での問答は、分《ぶ》が悪くなるだけである。このとき、

「まあ、まあ——」

という声を放って、人垣を搔《か》きわけてきた人物がいた。呂飛《りょひ》である。かれの顔をみた旭放と家人は、地に膝《ひざ》をつけて低頭した。立ったままの公孫龍は、

——この人は、一部始終をひそかに観《み》ていたにちがいない。

と、確信した。さりげなく公孫龍に目礼した呂飛は、どうぞ奥へ、とささやいてから、旭放の肩に手をかけて、

「話がある。奥へゆこう」

と、低い声でいい、旭放を起《た》たせた。

自分の家のように迷わず奥の部屋まですすんだ呂飛が、上席に公孫龍を坐《すわ》らせたので、旭放はおどろいた。着席した呂飛は、いきなり、

「相手が悪かったな」

と、旭放にむかっていった。

「と、仰《おお》せになるわけは――」

「公孫龍どのは、郭隗《かくかい》先生の賓客《ひんかく》であると同時に、王の客でもある。王室への出入りは、王じきじきに許可なさった。なんじは知るまいが、このかたは趙《ちょう》王が公子のころに、二度も賊を撃退していのちを救った」

「へえ、さようで……」

旭放はあらためて公孫龍を凝視《ぎょうし》した。

――ははあ、この人は商賈ではあるまい。

それどころか、燕王ゆかりの貴人にちがいない。旭放の人物鑑定眼は曇っていない。

旭放のするどいまなざしをうけた公孫龍は、目で微笑をかえし、

「都内の商賈をいためつけてはいけない」

と、やんわりといった。

「失礼ですが、あなたさまは往時の惨状をご存じない」

旭放の口吻《こうふん》に熱がこもった。往時というのは、斉《せい》軍によって燕国が制圧されたころをいうのであろう。

「燕の商賈は、自国が滅亡するというのに、燕の公子を無視しただけでなく、斉の諸将に擦《す》り寄って甘い汁を吸ったのです。なかには斉軍の間諜《かんちょう》まがいのことをやって、自国の民を売った者もいたのです。かれらのなかにいまだに斉に通じている者がいます。旧悪を忘れた面《つら》で王室に出入りすることなど、とても宥《ゆる》せることではありません」

旭放は燕の公子を助けて生死の境を走りきったひとりにちがいない。

「よく、わかったよ。だが、あなたが五人の商賈に害を加えたつぐないは、かならずしなければならない。また、燕における商権をあなたが独占していると、天下の商人が燕にこなくなる。燕を富ますことが、あなたと王室を富ますことになる。呂飛どの、そうではありませんか」

「おっしゃる通りです。これから旭放には五人に謝罪させます。また王室の出入りに関しては、わたしが精査して商賈を選びます」

そう呂飛が確約したので、一笑した公孫龍はすみやかに退室し、家の外にでると、五人の商賈にむかって、

「旭放が詫《わ》びたいそうです。家のなかにはいってください」

と、高らかにいった。光霍が近寄ってきたので、公孫龍は、

「ちょっとしたお礼です」

と、小声でいい、馬車に乗って旭放家をあとにした。郭隗邸の客室にもどると、すぐに復生を呼び、

「みごとな剣術であった」

と、称《ほ》めた。頭をさげた復生は、おもむろに仰首《ぎょうしゅ》して、

「白海先生から、なにか、お聴きになっていますか」

と、いった。復生が発県《はっけん》であったころのけわしい秘事を白海だけにうちあけたらしい。

「いや、なにも聴いていない」

「それなら、よろしいのです。お耳ざわりになるだけです」

復生はあっさりひきさがった。

燕国は仲春よりも晩春のほうが春の彩《いろど》りがあざやかで、桃の花が満開のころ、公孫龍は光霍のもてなしをうけた。宴席が設けられたのは、あの別邸である。公孫龍を賓客の席につかせた光霍は、うやうやしく拝礼し、

「このたび王室へのお出入りが許されました。また旭放家との隙《げき》も解消されました。すべてはあなたさまのおかげです」

と、いった。

「それはよかった。旭放は悪人ではない。燕王をおもうあまり、手荒なことをした。それはわかってくれたか」

着席した光霍は、

「わたしにもやむをえぬ非《ひ》があったのです。国都に斉軍が乱入したあと、わたしの父母は斉軍に捕らえられ、人質とされたので、わたしは斉軍のために働かざるをえなくなったのです」

と、苦しげに述べた。

「そうであったか」

「しかし、父母は斉軍に殺されました。友人や知人を敵国に売ったうえに、父母を喪《うしな》

ったのです。慙愧《ざんき》のかたまりとなったわたしは、衰弱して死にかけ、すっかり容貌《ようぼう》が変わりました」

「ふむ……」

公孫龍としては、いまさらなぐさめのことばをかけようがない。

「商賈として成功するまでも、成功したあとも、罪ほろぼしをこころがけております。斉が憎いのは、旭放さんとおなじです」

斉軍は燕に侵入してからずいぶん残虐《ざんぎゃく》なことをした。それは想像するに難《かた》くない。いまの斉は、声望の高い孟嘗君《もうしょうくん》が義俠《ぎきょう》を発揮しているので、憎まれてはいないが、かって燕でおこなった暴恣《ぼうし》が国家の命運にはねかえってくることがあるのではないか。

公孫龍はふとそんな予感をおぼえた。

「ところで、孟嘗君が――」

と、突然、光霍がいったので、公孫龍は心の声が洩《も》れたのではないかとおどろいた。

「孟嘗君がどうかしましたか。去年、孟嘗君は秦王《しんおう》に招かれて、斉から秦へゆき、相《しょう》の席に就《つ》いた、とききましたが」

「よくご存じです。どういうわけか、孟嘗君は秦を去りました。秦王に殺されそうになったので、秦を出国した、といううわさもあります」

胡《こ》族から仕入れた情報である。

「それがまことであれば、斉に帰国した孟嘗君は、年内に報復のために、秦を攻撃します。韓《かん》と魏《ぎ》は孟嘗君の恩義にむくいるために、かならず出師《すいし》して協力します」

「はは、あなたさまは燕にいても、中原《ちゅうげん》諸国の動向がおわかりになる。たいしたものです。それらの戦いを対岸の火事のように眺めているのが、趙です。孟嘗君が天下の執政となって、秦、斉、韓、魏が連合してはつごうの悪い国は、北の趙と南の楚《そ》です。特に趙は独尊《どくそん》をつらぬいていますので、孟嘗君を秦から逐《お》ったのは、趙の主父《しゅほ》の陰謀《いんぼう》ではないかと推測していますが、どうでしょうか」

「やっ、それは、鋭い――」

主父は幼い子に国をゆずり、自身は北方の広大な地をのびのびと駆けているようにみせながら、魔手《ましゅ》を秦王朝へのばして孟嘗君を追い払った。この示唆《しさ》は、公孫龍にとって衝撃であった。

――主父は一筋縄《ひとすじなわ》ではいかない人だ。

では、主父のほんとうの志望はどういうことになるのか。中山《ちゅうざん》国を攻めつづけているので、中山国を消滅させて趙の版図《はんと》としたいことはあきらかである。中山国が消えれば、すでに支配地となっている代《だい》との交通が容易になる。そうなると、北方で趙に属さないのは、楼煩《ろうはん》という胡族と燕国だけになる。

「あなたは胡族の事情にくわしい。胡族は趙にたいして、どうなのですか」

「胡は大きく分けて、東胡、林胡《りんこ》、楼煩がいます。八年まえに、西征《せいせい》する趙軍と林胡は戦わず、林胡王は馬を献上しています。また代の宰相《さいしょう》となっていた趙固《ちょうこ》は、東胡をとりしまり、その兵を召集しています。残る楼煩も、おそらく趙とは戦わず、主父の指図をうけることになるでしょう」

「すると、燕だけが、趙に従わない。これは危険ではないだろうか」

「そうですね。主父の本性がわかるのは、中山が滅んだあとです」

光霍は手を拍《う》って食膳《しょくぜん》をださせた。そのあと酒宴となった。

ほどなく帳《とばり》のうしろから笛の音がながれてきた。

――おや、胡笛《こてき》がいたのか。

軽くおどろいた公孫龍は耳を澄ました。笛の音が夭《わか》い。そう判断した公孫龍は、

「胡笛どのではあるまい。童女の笛のようにきこえる」

と、光霍にむかっていった。苦笑した光霍は、帳のほうにまなざしをむけて、

「あ、これ、これ、そなたの未熟さを公孫龍さまに見抜かれてしまった。こちらにきなさい」

と、声をかけた。笛の音が弭《や》んだ。帳のうしろからあらわれたのは、童形《どうぎょう》の少女である。少女はまっすぐに公孫龍にむかって歩いてきて、坐った。

「美目盼兮《びもくはんたり》」

目の美しさをそのように形容した詩がある。眼前の少女の目がまさにそれであった。

「胡笛の妹の小丰《しょうほう》です」

小丰は物怖《ものお》じしない性質であるらしく、まっすぐに公孫龍をみつめると、

「公孫龍さまはお強いのですね。でも、さびしそう」

と、いった。光霍はあわてて、

「これ、小丰――」

と、叱《しか》った。が、公孫龍はその叱声《しっせい》を掣《せい》するように、軽く片手を揚げた。

「われは、さびしそうか」

「わたしが伴侶《はんりょ》となって、公孫龍さまのさびしさを慰《なぐさ》めてあげましょう」

「はんりょ……」

このことばひとつで、小丰の賢さがわかる。さらに、人のさびしさがわかる小丰にも、人知れぬさびしさがあるにちがいない。もしかしたら、胡笛と小丰という姉妹は、戦災によって父母を喪ったのかもしれない。戦渦《せんか》のなかの幼い姉妹を救ったのが光霍

ではなかったのか。

「小丰や、そなたは優《やさ》しいな。その優しさを活《い》かしてくれる夫を、義兄である光霍どのがみつけてくれよう。われの伴侶になれば、さびしさに染《そ》まっただけで、生《せい》を畢《お》えることになろう。わかるな」

そう喩《さと》された小丰は、すこし怒ったようで、無言のまま室外にでていった。

「わがままで……、困ったものです。どうかお宥しを――」

光霍はまた苦笑した。

「いや、小丰はほんとうにわれを憐《あわ》れんでくれたのだろう。そんな慈《いつく》しみ深い女《むすめ》を、われは迷わせたくないのです。光霍どの、小丰にはおだやかな生きかたをさせてもらいたい」

「おだやかな生きかたですか。はて、さて、小丰はそれを望んでいましょうか」

この宴席で、光霍が義妹《ぎまい》を公孫龍にみせたことは、かれがある意図《いと》をもっていたことになる。が、その意図は公孫龍にやんわりとしりぞけられた。

五月に、公孫龍の邸宅が完成した。ただしこの邸宅は、郭隗邸の客室が増築されたようにみせてあり、公孫龍の住まいであることは公表されなかった。

小宮殿といってよい。

だが、牙荅や白海はいささかもおどろかず、

——周の王子のお住まいとしては、当然の広さだ。

という顔をした。新築の邸宅に移ったばかりの公孫龍に、まっさきに賀《いわ》いにきたのは、なんと旭放であった。かれの従者のなかに、あの大男がいた。

「そなたに賀ってもらえるとは、嬉《うれ》しいことだ」

「あなたさまには、ずいぶん失礼なことをいたしました。光霍家ばかりでなく、どうかわが家にもおこしください」

呂飛が公孫龍の正体をいうはずがないが、商賈の勘《かん》で、公孫龍が燕王と尋常ではないつながりがある、と旭放は推察したにちがいない。すこぶる鄭重《ていちょう》な物腰であった。

「おう、喜んで寄らしてもらう。燕王をお助けするには、どうしてもそなたの力が要《い》る」

「さっそく、おたずねいたします。この広さですと、厨人《ちゅうじん》をふくめて二十人ほどの僕《ぼく》婢《ひ》が要りましょう。それらの者を、すでにお集めですか」

「はは、ひとりも集めていない。集めるのは、これからだ」

「では、わたしにおまかせください。明後日までに、二十人をそろえて、おとどけします」

「よし、まかせた。素姓《すじょう》がたしかで、口の堅い者をたのむ。他国からながれてきた者は、採用しないでくれ」

「わかっております。他国からながれてきた者といえば、あなたさまの行方をききにきた者がいる、と肆《みせ》の者が申しておりました」

「二人組だろう」

「さようです」

「すまぬが、そのふたりをみかけたら、至急、われに報《しら》せてくれ」

たびたび出没するふたりの正体を、公孫龍はたしかめたくなった。周《しゅう》からの刺客であれば、ひそかに捜索するはずである。が、そのふたりは身を露呈《ろてい》している。それゆえふたりは陰険ではない、とはかぎらないが、とにかく自分のせいでふたりが燕国内をうろついているのは、気がかりである。

二日後、旭放は二十人の使用人をきっちりとそろえて公孫龍邸に送り込んだ。

——頼りになる男だな。

公孫龍は旭放をみなおした。

こうなったら、杜芳《とほう》を邯鄲《かんたん》に住まわせておく必要がない、と考えた公孫龍は、洋真を遣《や》って、夏が終わるまでに杜芳をひきとった。身近で財の管理をやってもらったほうがよい。

燕は、秋の訪《おとず》れが早い。

北風が吹きはじめ、その風が冷《ひ》えをふくむようになったころ、大男が配下を従えて、公孫龍邸に趨《はし》り込んできた。ちなみに大男の名は、房以《ぼうい》という。

主父《しゅほ》の招待

公孫龍《こうそんりょう》は大男の名をおぼえた。

「房以《ぼうい》よ、そのふたりをみつけたのか」

「へい、ふたりの逗留《とうりゅう》先を配下に見張らせてあります」

「よし、ふたりに会ってやろう」

公孫龍は牙《が》荅《とう》と童凜《どうりん》だけを従えて馬車に乗り、房以の馬車に先導させた。小半時《こはんとき》も走らず、房以の馬車が停止した。牆《しょう》をめぐらせた広大な農地のむこうに大きな家がみえる。

ふりかえった房以は、

「あの家です」

と、公孫龍につたえて、ゆびさした。公孫龍がうなずいてみせたとき、房以があわてて馬車から飛びおりて、公孫龍のもとに趨《はし》ってきた。

「あのふたりがきます」

豪農の家を見張っていた配下が、疾走《しっそう》してきて、房以に報《しら》せたらしい。

「わかった」

馬車をおりた公孫龍は牆の角まで歩いた。遠くに人影がある。牆にそって歩いてくる。うしろをむいた公孫龍は、

「みな、さがってくれ。あのふたりに会うのは、われだけにしたい」

と、いい、従者と房以らを遠ざけた。公孫龍の手には棒だけがある。やがてふたりは佇《たたず》んでいる公孫龍に近づき、いぶかしげに視《み》た。公孫龍は動かず、

「ご両所は、わたしをお捜しか」

と、声をかけた。ふたりは大いにおどろくと同時に喜びをみせて、

「おう、あなたが公孫どのか。なるほど、周紹《しゅうしょう》どのからきかされた通りの人だ。ずいぶん捜しました。今回も、あきらめて、帰るところでした」

と、年長者がいった。ふたりは旅装である。帰国するつもりであったのだろう。

「周紹さまの名をだしたおふたりは、趙《ちょう》の家臣ですね」

「さようです。主父《しゅほ》にお仕えしている湛仁《たんじん》といいます。こちらは同僚の華記《かき》です」

「主父さまのご臣下――」

主父ときいただけで、公孫龍の心がざわついた。

「主父さまが、わたしになにか――」

と、公孫龍はさぐるように問うた。相手が主父となれば、用心をかさねて応対しなければならない。

「あなたをお招きです」

と、華記が強くいった。

「えっ、わたしを……」

一瞬、公孫龍はどのような表情をしたらよいのか、わからなくなった。

「そうです。あなたを、です」

「ちょっと待ってください。わたしはしがない商賈《しょうこ》にすぎません。たしかに趙王と公子をお助けしたことはありますが、主父さまとは、なにも……」

「いや、謙遜《けんそん》なさるにはおよばない。主父はあなたの比類ない功をあとでお知りになり、その者の勲労《くんろう》は趙一国を救ったにひとしいのに、賞賜《しょうし》がすくなすぎる、と仰《おお》せになり、あなたを賓客《ひんかく》として招きたいというご意向を示されました。どうか、趙国へおこしください」

「それは。それは——」

公孫龍は頭を掻《か》いて、苦笑した。しかし内心では、この招待をたやすくうけてよいものか、という疑念が生じた。

——主父は、策を弄《ろう》する人だ。

それを忘れてはなるまい、と自分にいいきかせた公孫龍は、

「では、さっそくに、とお応《こた》えしたいところですが、この地に商用が残っており、失礼ですが、主父さまに謁見《えっけん》するのは、来春ということでいかがでしょうか」

と、いってみた。

「ああ、趙にきてくださるとわかれば、それでよいのです。主父は多忙で、国を空《あ》けていることが多いので、こちらも、いつがよいとはいえないのです」

「では、来春に——」

公孫龍は一礼した。ふたりは任務を終えたという喜びをかくさず、

「趙王もお喜びになります」

と、ほがらかな声でいい、歩き去った。

ふたりの影が視界から消えても、公孫龍は腕組みをして考え込んでいた。そこに牙荅らが趨り寄ってきた。

「ふたりは、何者でしたか」

「それは、あとで話す」

そういった公孫龍は、房以にむかって、

「よくふたりをみつけてくれた。旭放《きょくほう》どのによろしくいってくれ」

と、いい、馬車に乗ると呂飛《りょひ》に会いに行った。王宮にある裏門からはいり、庭に建てられた四阿《しあ》で待った。半時後に、呂飛がきた。

「このようなところで、どうなさったのですか」

呂飛は眉《まゆ》をひそめた。

「いや、奥にあがって話すまでもない。われは趙の主父に招かれた」

「えっ――」

「主父にたくらみがあるとおもうか」

呂飛は敏慧《びんけい》の男である。この招待からいやなにおいを嗅《か》げば、公孫龍を即座に諫《いさ》めるはずである。わずかに考えた呂飛は、

「たくらみがあるとすれば、主父はあなたさまの正体を知り、甘言《かんげん》をもってあなたさまを招き寄せ、いきなり捕らえて人質とし、周《しゅう》王を恫《おど》す、ということです」

と、いった。うなずいた公孫龍は、

「われも、おなじことを想《おも》った。だがそんなことをすれば、せっかくの声望が地に墜《お》ちる。人の欲望は巨《おお》きすぎると、無欲にみえる。これは郭隗《かくかい》先生の誨《おし》えだ。いまの主父は中山《ちゅうざん》攻略に熱心とみせて、中原《ちゅうげん》諸国に害を与えていない。しかし孟嘗君《もうしょうくん》を秦《しん》から

追ったのは、おそらく主父の陰謀《いんぼう》で、これから十年も経《た》たないうちに、天下を運営するのは、主父になるのではないか」

と、いってみた。

燕《えん》は趙との外交を杜絶《とぜつ》させたが、そろそろなんらかの手を打っておいたほうがよい、というのが公孫龍のひそかな提言である。

「あなたさまの予想は正しいでしょう。趙との外交を回復すべきだとはおもいますが、ひとつ問題があります」

「問題……」

「ご存じかどうかわかりませんが、主父は秦だけではなく、各国へ重臣や謀臣を遣《や》っているのです。楚《そ》へ王賁《おうほん》を、魏《ぎ》へ富丁《ふうてい》を、斉《せい》へ趙爵《ちょうしゃく》を、韓《かん》へ仇液《きゅうえき》を送り込んで、その国の政治を遠隔《えんかく》制御しています。わが国が趙とのつながりを求めると、かならず主父の臣下が乗り込んできます。わが王はそれを嫌忌《けんき》なさっているのです」

「そういうことか」

それならなおさら、公孫龍は燕王とは無関係の態《てい》で、商賈として主父に近づくのは悪くない。

「主父の招待をうけるのは、来春ということにしてある。王には、そのようにお伝えしてくれ」

「かならずお伝えします。くれぐれもご用心を——」

「わかった」

四阿をあとにして裏門をでた公孫龍は、馬車に乗ると、

「上都《じょうと》の北へは行ったことがない。雪がくるまえに北を巡ってみるか」

と、ふたりにいい、実際、五日後には馬をつらねて出発した。乗馬については、趙の宮城にいるときに、鍛練《たんれん》した。北の大地を馳《は》せめぐっている主父の気分がどのようなものか、知りたくなったからである。この小旅行には光霍《こうかく》が付《つ》き添《そ》ってくれた。

「胡《こ》族に襲われるといけませんから」

と、公孫龍を気づかってくれた光霍は、十人ほどの配下に先導させ、上都のま北にある要塞《ようさい》まで行った。

「ここよりはるか北に、燕王は長城を築いて、匈奴《きょうど》の侵入を防ごうとなさっています」

光霍はそう説明した。

「匈奴は、胡族とちがうのか」

「どこまで大きいのかわからない狩猟民族です。遊牧もしていますが、おとなしい民

族ではありません。趙の主父も匈奴を畏《おそ》れて長城を築かせているはずです。さすがの主父も、匈奴を従わせるのはむりだと想ったのでしょう」

「はじめて知った」

主父は漫遊《まんゆう》していたわけではなかったのか。それにしても主父の国家構想は規模がけたちがいに大きい。

「すでに代《だい》が趙の領地であることはご存じでしょう。おそらく主父は、はるか西北の雲中《うんちゅう》にまで民を移住させて、版図《はんと》を拡大するでしょう。中原の諸侯は、たぶんそこまでは知らないとおもいますよ」

「ふっ」

と、公孫龍は嘆息した。主父が北方での事業を完成したとき、中原の王たちはなすすべがなく、主父の威武《いぶ》にひれ伏さなければなるまい。

——恐ろしい人だな、主父は。

その主父に、来春、面会することを想うと公孫龍の胸は高鳴った。

北の天空が異様に暗い。

「あれは雪をふらせる雲です」

光霍にそういわれた公孫龍は、冷えはじめた大地を感じながら、帰途についた。上

都に近づくころに、光霍は、

「そういえば、孟嘗君は秦を攻めましたよ」

と、いった。勝敗はまだわからないが、孟嘗君に率いられた軍が圧倒的に有利であるらしい。

「しかし、秦はたやすく降伏はしません。秦は昔から西戎《せいじゅう》(西方の異民族)と戦いつづけてきた国で、戦いには慣《な》れており、このたびの戦いも、粘り強くもちこたえるとおもいます」

それが光霍の観測であった。

——孟嘗君か……。

公孫龍にとっては遠い英雄である。おそらく主父がもっとも用心しているのは孟嘗君の存在であろう。斉、韓、魏が連合して威勢をのばしてくれば、趙は秦と結んでそれに対抗し、いつか孟嘗君と主父が天下の主宰権を争って激突するのではないか。

——いや、孟嘗君に会えないことはない。

商賈の身分であれば、どこにでも行ける。しかも孟嘗君は、一芸に秀《ひい》でている者であれば、どんな身分の者でも食客《しょっかく》にするというではないか。

斉の国情をさぐりにゆく、といえば、燕王は公孫龍の旅行を許してくれるであろう。

——ますますおもしろくなりそうだ。

上都に帰着した公孫龍は、冬の間、騎射《きしゃ》の練習に打ち込んだ。主父に会う準備である。武芸の練習に飽きると、光霍と旭放の家に遊びに行った。旭放は大きな川のほとりに別宅をもっており、そこに公孫龍を案内した。その宅から観《み》る雪景色はすばらしく、凍結《とうけつ》しそうな川面《かわも》を公孫龍はながめつづけた。そういう公孫龍の容姿の美しさに、旭放はひそかに感動した。

——この気高さは、王侯貴族のそれをしのぐ。

すると公孫龍は王の上のなんになるのか。そんなことを考えはじめた旭放は、突然、

「房以ら、十人ほどの家人を貸してくれぬか。明春、趙の主父に会う。連絡のための人数が足りない」

と、ふりかえった公孫龍にいわれた。

「あっ、主父に会われるのですか」

「主父の欲望がどれほど大きいか、燕王のためにさぐっておく必要がある。むこうが招待してくれたのだから、この機をのがす手はない」

「それなら、喜んでお手伝いしますよ」

「われが主父に捕らえられたら、助けを呼ぶために走ってもらうことになるかもしれ

ない」

「ご冗談を――」

苦笑した旭放は、公孫龍が帰った翌日に十人を選び、

「なんじらは公孫さまの足手まといになりかねぬ。来春、出発するまで、公孫さまに鍛《きた》えてもらう」

と、いいきかせ、公孫龍の邸宅に送り込んだ。この旭放の配慮をうけた公孫龍は、十人に胡服《こふく》を着せて乗馬を教えた。大男の房以がぞんがい器用に騎射をこなせるようになったので、

「人はみかけによらぬものだ」

と、称《ほ》めた。馬に関しては、趙よりはるかに良い馬がそろっている。ほれぼれするような馬が三頭ほどいる。それらは、いわば竜馬《りょうば》である。牙荅はそれらの馬を指し、

「主父への贈り物は、馬にまさるものはありません」

と、いった。

「なるほど」

うなずいた公孫龍は、竜馬とみた三頭を主父に献上することに決めた。

春を迎え、まもなく出発というときに、公孫龍は復生《ふくせい》を呼んだ。

「さすがになんじを連れてゆくわけにはいかぬ。杜芳《とほう》とともに留守《りゅうしゅ》するように」

「わかっております」

頭をさげた復生が、ほかになにかいいたそうなので、

「忌憚《きたん》せずに、申せ」

と、公孫龍は発言をうながした。目をあげた復生は、

「渠杉《きょさん》のことです」

と、はっきりといった。

「渠杉とは――」

「あなたさまと戦った族の首領です」

「ああ、あの男か……」

渠杉からは異様な執念が感じられた。が、嫌いな男ではない。

「いま、おそらく渠杉は、中山王を助けるべく働いているとおもわれますが、衰亡してゆきそうな中山と命運をともにさせるのは、もったいない人物です。杉《さん》の族も結束力が堅く、戦場での働きは抜群です。渠杉はぜったいに趙の王室には従いませんので、その能力を燕王のもとで発揮させられるように、ご配慮くださいませんか」

「おう、なんじの目のつけどころは、非凡だ。われもおなじことを考えたことがある

が、なにしろわれは渠杉の配下をだいぶ殺した。渠杉に怨《うら》まれているわれが、渠杉を説《と》き伏《ふ》せられるであろうか」

　それがかねてからの懸念《けねん》である。

「渠杉はあなたさまを怨んでいないでしょう。むしろ、あれほど寡《すく》ない人数で趙の公子を守りぬいた勇気と知謀に、敬意さえいだいているにちがいありません。渠杉とは、そういう人です」

「それならよいが」

　公孫龍は少々気が楽《らく》になった。

「そこで、わたしを中山に行かせてくれませんか。渠杉を捜しだして燕への移住を勧《すす》めたいのですが……」

「わかった。行くがよい。燕王は渠杉を冷遇するような人ではない。なんじは中山にくわしいのか。ひとりでよいのか」

「くわしくはありませんが、ひとりのほうが動きやすいので、ご心配にはおよびません」

　復生は趙王の家臣であったのだから、騎馬《きば》がへたなはずがない。

　出発である。彩《いろど》りが豊かな岸辺から船に乗った公孫龍は、薫風《くんぷう》をかいだ。晩春というより、もはや初夏である。

船と筏《いかだ》が着いた鉅鹿沢《きょろくたく》は若い緑に満ちていた。下船した公孫龍は、津《みなと》の役人に、

「主父さまに招かれた公孫龍が、これから邯鄲《かんたん》へむかうとお伝えください。湛仁どのか華記どの、あるいは周紹さまへでもかまいません」

と、申告した。主父の名をきいた役人は大いにおどろき、さっそく早馬を仕立てた。

この急報は周紹にとどけられた。

「なんと、なんと」

と、手を拍《う》った周紹は、さっそく趙王何《か》へ報告した。趙王何は席を立って跳びあがるほど喜び、

「父君が公孫龍をお招きになったのか。はじめて知った」

と、笑い、弟の公子勝《しょう》に朗報を伝えた。いや公子勝は東武《とうぶ》という地をさずけられたので、東武君とよんだほうがよいであろう。ちなみに東武君は十二歳くらいと想えばよい。その幼さで、趙王何の輔佐《ほさ》のひとりである。前代未聞《みもん》のそういう王朝人事をやってのけるところに、主父の独創の一端《いったん》がみえる。

さっそく趙王何のもとにやってきた東武君は、

「公孫龍をお招きになったのが父君であっても、わたしが出迎えましょう」

と、いい、三十人ほどの家臣を従えて王宮をでた。ずいぶん乗馬が上達した。その上達ぶりを公孫龍に称めてもらいたかったのであろう。

北上をつづけたこの騎馬集団は、やがて南下してくる小集団をみつけた。

「あれにちがいない」

喜笑《きしょう》した東武君は馬を駐《と》めて待った。

このとき前途に騎馬集団の影を看《み》た公孫龍は、まさか東武君が出迎えにきたとは想わず、いぶかりつつ馬をすすめた。ほどなく、馬上の笑貌《しょうぼう》が公子勝のそれであるとわかると、涙がでそうになった。

馬をおりた公孫龍は、東武君にむかって跪拝《きはい》した。あえて馬からおりない東武君は、

「再会できて嬉《うれ》しい。王もお待ちかねだ。早く馬上にもどるがよい」

と、声をかけた。

「おことばに甘えて——」

立って東武君をみあげた公孫龍は、

「みごとな乗馬姿です」

と、称めた。東武君は馬上ではしゃいだ。それは少年の喜悦であった。めざといところのある東武君は、牽《ひ》かれている三頭の竜馬をみつけ、

「あれは——」

と、問うた。

「主父さまに献上する馬です。おそらく一頭は王へ、ほかの一頭はあなたさまに下賜《かし》されるでしょう」

「うん」

微笑をふくんでうなずいた東武君は、おそらく物欲が旺盛《おうせい》である。

邯鄲城に到着した。宮門のほとりまでて趙王何が公孫龍を迎えた。

「もったいないことです」

公孫龍は拝稽首《はいけいしゅ》した。

ところで趙王何は、史書では、

「恵文王《けいぶんおう》」

と、記《しる》されるので、ここからは恵文王の王号で通してゆく。

「先年、そなたが黙って去ったときは悲しかった。それもそなたの意思ではなく、肥《ひ》義《ぎ》や周紹のはからいであることを、あとで知った。われはそなたがもどってくることを信じていた。まさか父君がそなたをお招きになったとは。二重におどろき、二重に喜んでいる」

恵文王の声にはいつも真実味がある。主父はすぐれた後継者を選んだといえる。恵文王が成長すれば、かならずすぐれた王になる。公孫龍はそう確信した。

「なぜ主父さまがわたしを招いてくださったのか、いまだにわかっておりません。それでも、そのご招待をお受けしたことで、ふたたび王にお目にかかることができました」

「ご不在の父君には、そなたの到着をお報せした。ご指示があるまで、あの客室ですごせ」

そういった恵文王は、翌日、小宴を催して、公孫龍と従者をねぎらった。はじめて邯鄲城の宮門の内にはいった房以は、三日ほど興奮が冷めなかった。四日目には、東武君が剣術を習いにきた。活発な少年である。

十日目に、客室にきた周袑が、

「主父さまのご指図があった。中山に行ってもらう。嚮導《きょうどう》の者をふたり付ける。すみやかに発《た》ってくれ」

と、いった。

「中山へ、ですか」

「いま主父さまは中山を攻略中だ。その戦陣になんじを招いておられる。いや、苦戦なさっているわけではないぞ」

「はあ、戦場でのご招待ですか」

公孫龍は微笑した。奇想を好む主父らしい招きである。

翌日、騎馬の小集団が邯鄲城をでた。この集団は鉅鹿沢には近づかず、まっすぐ北上した。公孫龍にとって、はじめて通る道である。さらに北へすすむと山谷《さんこく》が峨《けわ》しくなった。その山谷が中山国にとって城壁と濠《ほり》になっていたことがよくわかる。東垣《とうえん》という邑《まち》にはいると、しばらく待たされた。主父の本営が移動したらしい。五日後に、

「どうぞ」

と、嚮導の兵にいざなわれて、川にそって西へむかった。川は深い翠色《すいしょく》をしていて、対岸の崖《がけ》の色は黒く、その上に緑を豊かにたたえる木がならび、さらにその上に夏のかがやきをもった碧天《へきてん》があった。ただし、このあたりの景色がどれほど美しくても、広大さを好む主父は感嘆しないであろう。

「まもなく中山の国都の霊寿《れいじゅ》です。主父さまはそこにおられます」

そう告げられた公孫龍は、さほど広くない天を仰いだ。

山中の光明

あいかわらず川の水は深い翠色《すいしょく》である。

船に乗って対岸へ渡る公孫龍《こうそんりょう》は、腕をのばして水を掬《すく》ってみた。翠《みどり》が掌《てのひら》に載ると想《おも》われたが、掌中《しょうちゅう》の水は清純で、腕を動かしてみると天の碧《あお》が映《うつ》りそうであった。

対岸には急造とおもわれる桟橋《さんばし》があり、そこに湛仁《たんじん》と華記《かき》が立って、公孫龍を迎えた。下船した公孫龍は、

「戦陣にまでお招きとは、恐れいります」

と、ふたりにいった。目で笑った湛仁が、

「主父《しゅほ》さまは邯鄲《かんたん》でおすごしになることはまれで、つねに北辺《ほくへん》の地を駆けておられるため、こういう仕儀《しぎ》になりました。公孫どのがここまでくると知った主父さまは、たいそうお喜びになっています。さあ、どうぞ」

と、いい、公孫龍をみちびくように歩きはじめた。華記は牙荅《がとう》に語りかけて、あれこれ説明しているようであった。崖《がけ》をななめに削《けず》ったような径《みち》を登ると、にわかにひらけて、左手に宮殿がみえた。

「ほう――」

公孫龍は足をとめて感嘆した。紅白《こうはく》の色調をもった宮殿はおもいがけなく瀟洒《しょうしゃ》であった。深山幽谷《しんざんゆうこく》のなかに夢幻のごとく建っているように感じられた。

「あれが中山《ちゅうざん》王の――」

「そうです。奢侈《しゃし》をきわめた建物です。主父さまは取《と》り壊《こわ》しをお命じになりましたから、ひと月後には地上から消えます」

と、湛仁は答えた。

黒衣の兵が多くなった。戟《げき》を立てている衛兵がこの小集団にむかって敬礼した。宮門の内にはいった湛仁と華記が正面に立つ武人に一礼した。

「公孫どのと従者をお連れしました」

「そうか。ここからは、われがご案内する」

そういった武人は、公孫龍に近づき、

「わたしは李疵《りし》といいます。主父さまは貴殿に会うことを楽しみにしてこられた。いま主父さまは望楼《ぼうろう》におられる。従《とも》のかたがたは、階下で待っていただくことになる」

と、重みのある声でいい、奥にすすんでから、階段をゆびさした。あれを昇ってもらう、ということであろう。

微光の階段である。足もとが暗い。わずかに風が上から下へながれている。階段を昇りきった公孫龍は、片足をなげだして窓辺に坐《すわ》り、外をながめている主父を視《み》た。なぜか主父は緑の葉のついた小枝をつかんでいる。

小さく咳払《せきばら》いをした公孫龍は、名を告げた。

まなざしを動かした主父は、

「おう、よくきた」

と、明るい声を発し、小枝で公孫龍を招き寄せた。公孫龍は拝稽首《はいけいしゅ》した。主父はまだ小枝を振っている。そこでは遠い、もっと近くに、ということであろう。

「では、恐れながら——」

公孫龍は膝行《しっこう》した。

「われを憚《はばか》るな。顔をあげてみよ」

主父は公孫龍の容貌《ようぼう》をしっかりと視たいらしい。

「やっ、やっ、これは良き若者よ」

そういった主父はにわかに腰をあげ、小枝で公孫龍を軽く打つと、また坐った。

「いまのは、ちょっとした祓除《ふつじょ》だ。他国の気は、人を害する。この枝は邪気を祓《はら》う」

「恐れいります」

それだけでも公孫龍は主父の温《あたた》かさを感じた。公孫龍が視た主父は大きな体軀《たいく》をもっている人ではない。威光が人を大きくみせるのであろう。

「中山国は、あらかたかたづいた」

「中山王はあなたさまに降伏したのですか」

「いや、宮殿から脱出して、どこかに躬《み》をひそめているようだ。が、もはや再起する力はない。逃げ隠れるのも限度がある。明年、中山国すべてが趙《ちょう》の版図《はんと》となる」

主父の声は自信に満ちている。が、中山国を併呑《へいどん》することが嬉《うれ》しいというわけではないらしく、表情をくずさなかった。

「さて、公孫龍よ、なんじはわが子の何《か》と勝《しょう》を救ってくれた。これは趙の未来を救ってくれたともいえる。敵将の首を十あるいは二十獲《と》っても、この功には及ばぬ。そこでなんじに一邑《ゆう》をさずけよう。邑主《ゆうしゅ》となって、何に仕えよ」

例外的な賞与である。

公孫龍はあえて恐縮してみせたあと、

「わたしには一邑は要《い》りませぬ。もしも望みをかなえていただけるのなら、邯鄲のなかに一区をたまわり、家を建てさせていただき、王室へのお出入りをお許しください」

と、低頭した。そのようすを凝視《ぎょうし》していた主父は、

「それは、本気か」

と、厳しく問うた。

「本気です」

「周《しゅう》の王子が、商賈《しょうこ》で終わってよいのか」

「えっ――」

公孫龍は仰首《ぎょうしゅ》した。主父は含笑《がんしょう》している。

「なんじは短剣を勝へ贈ったであろう。あの短剣とおなじものを、先の后《きさき》が韓《かん》からもってきた。韓王が周王から拝領したと申していた。商賈ごときがもてるものではない。それに周都には、公孫龍を主《あるじ》とする商家はない。それも調べさせた。すると、周の王子が燕《えん》へ人質として往《ゆ》く途中に、わが子を助けた、とみるのが無理のないところだ。だが、なんじは燕では人質とならずに、わが招きに応じた。それとも燕王の密命を承《う》けて、われをさぐりにきたか」

そこまで主父にみぬかれていた公孫龍の胸裡《きょうり》に笑いが生じた。

「わたしがあなたさまをさぐりにきたとすれば、あなたさまが正《せい》の人か、邪《じゃ》の人か、この目と耳でたしかめたかったからです。わたしは天の命ずるままに、正義の道を歩

くつもりであり、ときに正しい人を助け、正しくない人と戦います。あなたさまが正しくないのなら、あなたさまを匡《ただ》すために、戈矛《かぼう》をむけることもするでしょう。わたしは燕王にもあなたさまにも縛《しば》られません。わたしを羈《つな》ぐことができるのは、天のみです」

公孫龍がそういい放つと、主父は小枝を大きく振って、哄笑《こうしょう》した。

「よくぞ、申した。天が赤面するほどのきれいごとだ。そもそも天意など、どこにある。正義とは、大いなる勘《かん》ちがいにすぎぬ。昔、天下の王といえば、周王ひとりであり、周王のために働くことが正義であった。ところが、よく考えてみよ。周のまえに殷《いん》の時代があり、周王は殷の帝に仕えていたのだぞ。しかるに周王は叛逆《はんぎゃく》して殷帝を討って、天下を奪った。その後に樹《た》てられた周王朝のどこに正義があるというのか。天は、周王朝がでっちあげた存在で、架空《かくう》にすぎぬ。そこに意思があるはずもない。さて、公孫龍よ、これにどう答える」

主父にそう問われても、公孫龍はたじろがない。じつはその種の議論は、郭隗《かくかい》先生ともくりかえしおこなってきた。

「天は、あります。架空の産物などではありません。地と人こそ、天を映す鏡であり、それがわかる人には、天意もわかるのです。わたしが趙王と東武君《とうぶくん》をお助けしたのも、天命でなくてなんでしょうか。天は趙の国と民を助けるために、趙王を助けたのです。趙の未来のためにどうしても趙王が要る、と天が認定し、あなたさまの選定はあやまりがなかったことを天が知らしめた、とわたしは解しています。殷帝には、人の大切さがわからず、天に滅ぼされたのです。周王はわたしとおなじで天意に従って動いたにすぎません」

「ふうむ……」

しばらく公孫龍を凝視していた主父は、この者の前身がどうあれ、

――天の使いかもしれぬ。

と、おもうようになった。おそらく燕王は公孫龍の異才に気づいて厚遇するようになったのであろうが、この者がもっている神聖な威力を洞察《どうさつ》してはいないだろう。その点、主父の感性はとびぬけていた。

「よし、なんじの願いをかなえよう。邯鄲内に土地と建物を与え、王室に出入りさせる。願いは、それだけか。いまなら、なんでもかなえてやろう」

「では、いまひとつ――」

「うむ」

「あなたさまが遠征なさるとき、その左右に置いていただけませんか」

「客将というわけか……」

主父は苦《にが》く笑った。公孫龍の才能を恵文王《けいぶん》のために活《い》かしたい主父は、

「考えておこう」

と、いい、即断を避けた。

夕方、兵士と公孫龍らに、牛肉と酒をふるまった主父は、みずから舞った。それを眺めた公孫龍は、

――これは鎮魂《ちんこん》の舞であろう。

と、おもった。いつから主父が中山を攻めはじめたのか、公孫龍は知らないが、今日までの歳月のなかで多くの兵士が戦没したにちがいない。それを主父は悼《いた》んで、冥《めい》界《かい》に沈んだ者たちをなぐさめているのであろう。

あとかたもなく消えることになる宮殿のなかで、その舞は、異様に美しかった。

翌朝、嘉玄《かげん》が公孫龍のもとに趨《はし》ってきて、矢文《やぶみ》をみせた。

「復生《ふくせい》の報《しら》せか。夜中に、復生はひそかに宮殿に近づいたらしい」

文面を一読した公孫龍は、すぐに李疵に会いに行った。

「主父さまはここに、いつまでお留《とど》まりになりますか」

「あと、三、四日といったところです」

「中山の残党がここを急襲するかもしれません。居《きょ》を対岸にお移しになることをお勧《すす》めします」

「そのような情報を、どこから——」

「たしかめたいことがあります。紫峰《しほう》という山は、どこにありますか」

「紫峰ですか」

李疵は中山の地形にくわしい配下を呼び、地図を白布《はくふ》に画《か》かせた。その地図をふところに斂《おさ》めた公孫龍は、

「主父さまには、公孫龍は山の遊覧にでかけた、とお伝えください」

と、早口でいい、半時後には馬に乗って出発した。途中の道にはいくつか検問所があり、それぞれ数十人の趙兵が守衛していた。公孫龍は李疵から渡された使者の旗を掲《かか》げてそれらを通過した。まる一日駆けても紫峰には到らず、その麓《ふもと》らしいところで露宿《ろしゅく》した。

あたりは深閑《しんかん》としている。

「冷えてきました」

火を焚《た》きながら童凜《どうりん》は腕をさすった。

「復生はあらわれませんね。あの矢文は、ほんとうに復生が書いたものでしょうか」

牙荅がそういうと、白海《はくかい》が、

「まちがいない。復生の文字だ」

と、断言した。矢文の内容は、紫峰にいる渠杉《きょさん》が主父を急襲しようとしているので、止めていただきたい、というものであった。

翌朝、前途は煙雨《えんう》で暗かった。その煙雨が紫《むらさき》がかっていた。

――これが紫峰とよばれる所以《ゆえん》か。

山道にさしかかると、煙雨を破るように、兵が出現した。いかにも山賊という風体《ふうてい》である。

「やい、やい、どこへゆく。てめえらは、何者だ」

「渠杉の親友だよ。山中にいる渠杉に会いにきた。案内してくれ」

「なんだと――」

蓬髪《ほうはつ》の男が公孫龍の面貌《めんぼう》をたしかめると、瞠目《どうもく》し、

「うぬは、公孫龍――」

と、叫ぶや、跳びすさって矛《ほこ》を構えた。ほかの兵もいっせいにそれにならった。馬上の公孫龍はあえて笑声を立てて、

「われと手合わせをしたことがあるのか。それなら、わかるだろう。その人数では、

われらに勝てぬ。よいか、渠杉を斬りにきたわけではない。話をしたくてきた。渠杉がいるところまで先導してくれ」

と、いった。

蓬髪の男はしばらく公孫龍を睨《にら》んだまま、ためらっているようであったが、矛をはなして馬に乗った。

「ついてこい」

山道はおもったほどけわしくなく、一度だけ急峻《きゅうしゅん》な道をのぼると、あとは下《くだ》りで、さらに渓谷《けいこく》を渡った。水は深くなかった。眼前に白い磧礫《せきれき》がひろがっている。そこに嵐気《らんき》がながれているらしく、公孫龍は気分が爽快《そうかい》になった。

蓬髪の男は馬首をめぐらして、

「まもなく渠杉がくる」

と、いい、走り去った。すでに雨はやんでいる。陽が射《さ》してきた。やがて翠壁《すいへき》の陰《かげ》から数人があらわれた。歩いてくる。それをみた公孫龍と従者は馬からおりた。

数人の先頭はやはり渠杉で、かれは公孫龍をみると、

「よくここがわかったな。わが配下に内通者がいるらしい」

と、いった。

「自分の配下を疑うものではない。なんじの無謀をあやぶみ、なんじを救おうとしている者がいる。すなわち、なんじには徳があるということだ」

公孫龍がそういうと、渠杉は横に立った武人に小声で説明しはじめた。その武人はどうみても渠杉の族人ではない。

——そうか。中山軍の隊長か部将にちがいない。

公孫龍はそうみた。この推測があたっていれば、この山中に隠れているのは、渠杉の族人だけではなく、何百、いや何千という中山兵であろう。主父を急襲するのは、その兵だ。

武人は半歩まえにでた。

「われは楽毅《がっき》という。中山の将だ。そなたが渠杉を止めにきたということは、主父はわれらの奇襲を知っているということか」

軽く頭をさげた公孫龍は、

「さようです。中山王の宮殿にいた主父は、すでに本営を対岸に移したでしょう。もしもあなたさまが宮殿を襲えば、おそらく趙軍のしかけた陥穽《かんせい》に墜《お》ちることになりましょう」

と、率直《そっちょく》にいった。渠杉が敬意をもっているこの将は、すぐれた才徳をもち勇気と忠誠心をかねそなえているにちがいない。

——だいいち声が佳《よ》い。

公孫龍は耳でも相手の器量をはかっている。

「そうか……、よく報せてくれた」

楽毅は公孫龍を渠杉の友人であり、怪《あや》しむべき者ではない、とみているようである。が、その容貌には愁痛《しゅうつう》の色がにじみでている。中山王の宮殿にはいった主父を急撃して殺すという計画は、滅亡寸前の中山にとって起死回生の策であったにちがいなく、もしも実行されれば、近くに四、五百の兵しか配置していない主父は死んだかもしれない。

——これも天命か。

と、無言で嘆くように狭《せま》い天を仰いだ楽毅は、そのまま、

「またどこかで会おう」

と、渠杉にいい、感傷をふりはらうようにすばやく歩き去った。しばらく黙って渓流をながめていた渠杉は、公孫龍だけを目で誘い、水辺にあるたいらな石の上に腰をおろした。公孫龍はあたりをみてから渠杉の近くに安座《あんざ》した。あたりをみたのは、復生がどこかに隠れているのなら、そろそろでてきてもよさそうだ、とおもったからで

ある。が、復生はあらわれない。

——なるほど、そういうことか。

公孫龍は声を立てずに笑った。

「なにがおかしい」

渠杉は眉《まゆ》を動かした。

「復生に文を書かしておいて、矢を放ったのは、そなたの配下だ。そなたが止めようとしたのは楽毅の急襲だ。ちがうか」

公孫龍に看破されたと知った渠杉は、はじめて表情をくずした。

「中山はもうだめだ。たとえあの人の急襲が成功して、主父を殺したところで、中山国は再興しない。あの人の才徳はめずらしく大きく、中山の地に埋もれさせたくない。中山の外にでて、驥足《きそく》をのばすべきだ、とおもい、なんじの手を借りた」

「楽毅に惚《ほ》れ込《こ》んだものだな。楽毅が主父を殺せば、そなたの怨《うら》みも、すこしは晴れたろうに」

「おのれの怨みは、おのれの手で晴らすものだ。人の手は借りぬ」

渠杉はそういったものの、その口調は強くない。大きく一呼吸をした渠杉は、

「なんじにいわれて、考え直してみた」

と、いった。渠杉が憶《おも》いだしているのは、月下の闘いであろう。

「われに情報を与えていたのは、田不礼《でんふれい》の家臣の草奇《そうき》という男だ。公子何の生母がわれの妹に罪を衣《き》せたというのも、草奇がいったことで、その点、発県《はっけん》いや復生も騙《だま》されたのかもしれぬ」

「ほう――」

公孫龍はそのあたりの詳細は知らない。

「復生の婚約者は、主父の側室であったわが妹の侍女で、ともに処刑された。処刑した主父も、騙されたひとりかもしれない」

「罪がなければ、処罰もない。死罪にあたるほどの罪とは――」

「復生の婚約者がわが妹のいいつけに従って、夜中、公子何の生母、すなわち恵后《けいこう》の室に忍び込み、恵后の首を締《し》めたというものだ」

「はじめて、きいた。が、恵后が死ななかったのなら、たれが下手人か、恵后のみが知っている……。なるほど、それでふたりが刑死することになったのか」

ようやく過去の事件の全容がわかりかけた。

「しかし、草奇の話では、恵后は首を締められたことはないのに、主父に訴えて、側室を始末させた。誣告《ぶこく》というやつだ」

「ああ、そういうことか」

渠杉と復生の嘆きと憤《いきどお》りがどれほど烈《はげ》しかったか。公孫龍はふたりに同情した。

「ただし、復生には別の記憶があった。恵后が首を締められたのは事実で、恵后は気絶したらしい、というものだ」

「それなら、恵后には下手人がわからない」

「ふむ……、そうなる。だが、わが妹は心根《こころね》がやさしく、人を助けることをしても、害することはしない。たれかにおとしいれられたには、ちがいないが……」

渠杉はやるせない目つきをしたあと、公孫龍にむかって頭を低くした。口調さえあらためて、

「あなたの好意をうけさせてもらった。わたしはまちがった復讎《ふくしゅう》で多くの族人を死なせた。生き残った族人には、明るい道を歩かせたい。わたしの暗い怨念《おんねん》に縛りつけず、輝くような大義の下で働かせたい。燕王は英明な人であるときいた。燕王に仕えることができるように、さきに復生には燕にもどってもらい、郭隗という先生の推挙を得てもらうことにした。わが族人は、妻子父兄をふくめて、五百人ほどいる。いま、ここから、燕へむかう」

と、いった。

「それは、よかった」

公孫龍は渠杉の手を執《と》って喜び、後方にいる房以《ぼうい》を呼んだ。

「入国時に咎《とが》められないように、なんじが付《つ》き添《そ》ってくれ」

燕では知らぬ者がない豪商の旭放《きょくほう》の名は、こういうときに役に立つ。房以のほかに旭放の家人の四人がここに残った。

馬に乗るまえに白海が公孫龍に近づき、

「復生は功を樹てましたね」

と、うれしげにいった。復生は人を活かしたのである。

「あの族は忠誠心が勁《つよ》い。燕王は良い摭《ひろ》い物をしたことになろう」

公孫龍ははればれとした気分になった。わずかな悔《く》やみがあるとすれば、あの楽毅という将に、もしも中山をでられるのなら燕王をお頼りになるべきです、と説《と》けなかったことである。

「では、また、燕で会おう」

と、渠杉にむかって高らかにいった公孫龍は、馬を動かした。翌日、宮殿に着いた公孫龍は、まだ宮殿内に主父がいると知っておどろき、李疵をつかまえて、

「本営を対岸に移さなかったのですか」

と、問うた。すると李疵は、

「公孫龍ひとりで、数千の兵を止めるであろうから、移すにはおよばぬ、と仰《おお》せになったので……」

と、いった。

――主父さまには神知《しんち》がある。

舌をまいた公孫龍は主父のもとに報告に行った。いきなり主父は、

「山々を盤遊《ばんゆう》してきたようだな。どうであった、山の景色は」

と、笑いを哺《ふく》みながら問うた。

「紅色がきざしましたが、すぐに褪色《たいしょく》しました」

「ふむ、そうか……。何と勝だけでなく、われもそなたにいのちを救われたようだ。邯鄲一区だけの褒美《ほうび》とは、吝嗇《りんしょく》よな」

翌日、主父は公孫龍をともなって霊寿《れいじゅ》を去った。

中《ちゅう》山《ざん》滅亡

邯鄲《かんたん》内の一区を下賜《かし》された公孫龍《こうそんりょう》は、家を建てはじめた。

が、その家は、王室直属の工人《こうじん》がきて建てることになり、公孫龍の意望は無視された。工事の途中で、大邸宅が建築されることがわかった牙荅《がとう》は、

「まるで大臣の邸《いえ》ですよ」

と、おどろき、あきれた。公孫龍がもつ燕《えん》の家も大きいが、これはさらに大きい。

眉《まゆ》をひそめた公孫龍は、周绍《しゅうしょう》に会い、

「邸を造っていただくのはありがたいが、あの大きさでは、維持するには、僕婢《ぼくひ》をふくめて家人が四、五十人は要《い》ります。そんな多数をわたしは養えません」

と、いった。周绍は笑い、

「あなたは主父《しゅほ》さまが遠征するときに随従《ずいじゅう》したいといったようだ。戦地におもむくのであれば、ある程度の家臣をかかえておかねばならない。僕婢に関しては王室がもっている奴隷《どれい》をそちらにまわす。あなたには王室から禄《ろく》が与えられる。心配せずに、完成を待てばよい」

と、諭《さと》した。

「家臣をもて、とは、おどろいた」

客室にもどった公孫龍は、牙荅らに苦笑をみせた。耳が早い嘉玄《かげん》は、

「来春、主父さまは中山《ちゅうざん》の息の根をとめるために遠征するようです。その際、あなたさまがどの程度の家臣をかかえたか、おたしかめになるのではありますまいか」

と、いった。

「それは、こまったな。庶人《しょじん》ではなく士を召《め》し抱《かか》えるとなると、みつけるのに骨が折れる。みなは、これといった人物がいれば、推挙してくれ」

家臣をみじかい間に増やすというのは難題であったが、冬に、邸宅が完成したあと、この難題がいっきょに解決した。

新築の邸宅に、棠克《とうこく》が三十余人を率いて来訪したのである。召《しょう》公祥《しょう》の股肱《ここう》の臣というべき棠克の衰容《すいよう》をみた公孫龍は、胸騒ぎをおぼえ、

「もしや――」

と、幽《くら》い息で、問うた。うなだれていた首をあげた棠克は、落涙《らくるい》しつつ、

「召公が狩りのさなか、賊《ぞく》に襲われて殺されました。自邸も火をかけられて、嗣子《しし》である子瑞《しずい》さまのゆくえがわからなくなりました」

と、述べた。召公の臣でありながら公孫龍に属《つ》いている嘉玄と洋真《ようしん》は、声をあげて哭《な》いた。公孫龍は悲しみに堪《た》えられず、起《た》って、庭にでた。

いつか召公祥とならんで戦陣に臨《のぞ》みたいと意《おも》ってきた。その意望がこなごなに打《う》ち砕《くだ》かれたのである。賊というのは、盗賊や山賊ではあるまい。召公祥と対立する大夫《たいふ》が私兵を動かしたのだ。

——これで、われは周《しゅう》王室には帰れなくなった。

王子稜《りょう》を殺すよりも召公祥を殺すほうが実利的だと考えた謀主がいたにちがいない。その憎むべき謀主がたれであるのか、わかったところで、いまの公孫龍は召公祥の仇《あだ》を討つことはできない。

目を泣き腫《は》らした公孫龍は、室内にもどり、棠克のまえに坐《すわ》って、

「子瑞という子がみつかれば、召公の家を再興できるのか」

と、問うた。棠克はわずかにうなずいたものの、

「われらは半月余り、お捜ししたのですが、みつけられず、あきらめて、あなたさまにお縋《すが》りすべく、ここに参ったしだいです」

と、いい、嘆息した。

——召公家は潰滅《かいめつ》した。

家臣は四散し、そのなかの三十余人が棠克に説得されて、はるばる趙都《ちょう》にきたというわけであろう。

「よくぞ、きてくれた」

と、かれらをねぎらった公孫龍は、棠克に概要《がいよう》を語って、十人を、燕で留守《りゅうしゅ》している杜芳《とほう》のもとに送ることにした。

「召公は亡《な》くなっても、われを助けてくれる」

公孫龍はしみじみと棠克にいった。

主父の出陣までに、新参の家臣に教えておかねばならないのは、騎馬《きば》であり、騎射《きしゃ》である。かれら全員を胡服《こふく》に着替えさせた公孫龍は、都外にでては丘陵を捜し、訓練をくりかえした。棠克は公孫龍のみちがえるような逞《たくま》しさに感嘆し、

「あなたさまは、もはや一万の兵を、督率《とくそつ》できましょう」

と、褒《ほ》めちぎった。

まもなく年があらたまるというときに、嘉玄が、

「小耳にはさんだことがあります」

と、公孫龍に語《つ》げた。

「孟嘗君《もうしょうくん》のことか」

「いえ、楚《そ》王のことです」

この楚王とは、懐《かい》王のことである。だが、公孫龍は南方の大国である楚に関心をもったことがない。

「少々、酷《むご》いことになりました」

話の内容は、耳を疑うようなことであった。

楚は秦《しん》軍の侵攻をうけて八つも城を落とされた。その後、懐王は秦の昭襄《しょうじょう》王の書《しょ》翰《かん》をうけとり、和睦《わぼく》したいという内容であったので、盟約をおこなうために秦の武関《ぶかん》へ行った。ところが昭襄王は武関に兵をひそませ、懐王が到着するや、武関を閉ざした。懐王は秦都へ送られ、抑留《よくりゅう》された。

「秦王は楚王を騙《だま》したのか」

「そういうことになります。二年余り抑留されていた楚王が、今年、脱出をこころみたのです」

「帰国できたのか……」

公孫龍は懐王に同情しはじめている。

「いえ、秦をでた楚王は、趙へきたのです」

「ほう――」

そんなうわさを耳にしたことがないのは、どういうわけか。

「主父は、楚王の入国を拒絶したのです」

窮鳥《きゅうちょう》を懐《ふところ》に入れてやるのが主父らしいのに、その非情の決断は、公孫龍の心を暗くした。

「趙に入国できなかった楚王は、やむなく魏《ぎ》へ走りましたが、秦兵に追いつかれて、連れもどされたとのことです」

その後のことをいえば、ふたたび秦都で抑留された懐王は、発病し、翌年に死んだ。この王を哀れみ、秦を憎む感情は、楚のすべての国民がもち、九十年後、楚軍を率いた項羽《こうう》が秦都に乗り込むや、秦王を殺し、すべての宮殿を焼くことになる。それほど深い怨《うら》みになったのである。

――政治は倫理を踏みにじる。

公孫龍はそんなことをおもった。主父は血も涙もない人ではない。しかし趙の外交の基本が、秦との連盟、にあるかぎり、逃げてきた楚王をかばって秦王の感情を刺戟《しげき》するわけにはいかなかったのであろう。

それはわかる、と公孫龍は心のなかでくりかえしながらも、主父ならなんとかできたのではないか、という淡い怨言《えんげん》が浮かんでくる。主父がひそかに天下王朝を志望しているのなら、なおさらである。悲嘆にまみれている楚王を巧妙に助けるだけで、天下の輿望《よぼう》は主父に集まり、孟嘗君の威信をしのぐことができる。むしろそれが政治の真髄《しんずい》ではないのか。

——白海《はくかい》の活人剣は、政治にも応用できる。

百万の敵を殺すよりも、ひとりの弱者を助けたほうが、勝ちなのである。

「魏は秦と対立しているのに、楚王を救えなかったのか」

「魏は、楚とも対立しているのです」

「ああ、やっかいなことだ」

人も国も利害ばかりを計算し、正義を見失っている。その風潮に、ひとり敢然《かんぜん》とさからっているのが孟嘗君であろう。

——やはり、主父よりも孟嘗君のほうが上か。

趙王何《か》の弟である東武君勝《とうぶくんしょう》は、まもなく十三歳になるが、公孫龍の邸宅に遊びにきたとき、

「孟嘗君はそんなに偉いのか」

と、いった。孟嘗君にあこがれはじめたようである。斉《せい》における孟嘗君の立場を、趙における自身の立場に置き換えはじめたといえよう。兄を大いに輔《たす》けて趙国を盛ん

にするという意望をすでにもっているということである。

——この兄弟の仲のよさは格別だ。

微笑しかけた公孫龍は、ふと、ふたりの兄にあたる公子章《しょう》を想《おも》って、微笑を閉じた。

春になった。

軍旅《ぐんりょ》を催す場合、農繁期《のうはん》を避けるのがふつうである。春の農事をおろそかにすると、秋の収穫が減少し、それが直接に国力を低下させる。兵の大半が農民なのである。ゆえに諸国における戦いは、夏か冬が多い。

主父も夏がくるのを待って出師《すいし》した。中山平定のためである。

公孫龍のもとに主父の使者として湛仁《たんじん》がきた。

「主父さまがあなたをお招きです」

「こころえた」

公孫龍は二十五人の配下を率いて趙軍に加わった。中《ちゅう》軍の所属で、陣中に東武君がいたのでおどろいた。公孫龍の顔をみた東武君ははしゃぎ、手をにぎって、

「そなたがいれば、恐れるものはない」

と、いい、弦《げん》を鳴らした。公孫龍に就《つ》いて、騎射の習練にはげんできた東武君としては、実戦の地でその上達ぶりをみせたいのであろう。

――中軍は王族の軍か。

こういう特別な編制のなかに、商賈《しょうこ》にすぎない公孫龍とその配下が混入している異様さに気づいて、目を瞋《いか》らせたのが公子章であった。

「王族ではない者が、ぬけぬけとまぎれこんでいるぞ、あやつを抛《ほう》りだせ」

この怒鳴り声をきいた東武君勝は眉を揚げ、恐れ気もなく公子章のまえまですすんだ。このとき公子章は二十五歳であるから、ふたりの年齢差は大きい。

「兄上に申し上げる。公孫龍は父上がお招きになった客将です。その客に無礼をなせば、父上のお顔に泥《どろ》を塗《ぬ》ることになるのです。諸将の心耳《しんじ》が兄上にむけられています。いまのご放言も、容《かたち》を変えて、父上へのあなどりとして伝えられたら、どうなさるのですか。どうか、なにごとにもご慎重に――」

これをきいた公子章の顔がさっと青醒《あおざ》めた。

近くにいた将卒《しょうそつ》は、公子章の軽佻《けいちょう》さを感ずると同時に、

――東武君は大物になる。

と、予感した。公孫龍もひとかたならず感動した。東武君は兄をとがめたのではなく、かばったのだ。愛情がない人にはできないことだ。

やがて主父があらわれた。かれは公孫龍に声をかけたあと、その配下を凝視《ぎょうし》して、

「みじかい間に、よくこれほどの者を集めたな」

と、称《ほ》めた。

趙軍は北進を開始した。道の整備がすすんでいるようで、東垣《とうえん》に到着するのは早く、そこから霊寿《れいじゅ》への道も、以前よりは通りやすかった。霊寿にあった宮殿は消えていた。霊寿の南をながれている川は、呼沱水《こたすい》といい、その上流域に中山王が隠れているという。

「大軍がすすむには道がせますぎる。縦列《じゅうれつ》になって急ぐと、軍が瘠《や》せ、敵の寡兵《かへい》の急襲にも耐えられなくなる。工兵を活用し、道をひろげてゆっくりとすすめ」

主父は諸将に訓辞を与えた。趙軍には歩兵が属《つ》いている。その数は一万であり、その大半が非戦闘員すなわち工兵である。

左《さ》軍が霊寿をでて、一日後に右《ゆう》軍、さらに二日後に中軍がでた。主父は中軍のうしろにいて、最後尾を車騎《しゃき》の隊がすすんだ。山谷《さんこく》が趙軍の黒い旗によって色が変わるであろう。

「壮観ですね」

牙荅は羨望《せんぼう》をこめて感嘆した。趙は版図《はんと》を拡大するばかりなので、兵の動員能力も上昇をつづけている。

——主父が本気になって兵を徴募《ちょうぼ》すれば、三十万を集められよう。

中山の平定が完了すれば、その数はさらに大きくなる、と公孫龍はみている。

主父の訓戒《くんかい》に従って趙軍は急がなかった。山中に築かれている敵の砦《とりで》をひとつずつ潰《つぶ》していった。その捷報《しょうほう》が主父のもとにもたらされる。公孫龍の隊は主父の近くにあるので、戦況が逐一《ちくいち》わかった。

「楽勝ですね」

童凜《どうりん》が軽口をたたいた。が、公孫龍は表情をゆるめず、

「楽毅《がっき》のような将が中山にはいる。むこうは地形にくわしい。かならず主父だけを狙《ねら》って襲撃してくる」

と、いった。

半月後、軍はすすまなくなった。難攻不落の要塞《ようさい》があり、その攻略にてまどっているらしい。が、主父は苛立《いらだ》ちをまったくみせず、近臣と談笑し、ときには公孫龍だけではなく東武君をも招いて、小宴を催した。そのとき主父は公孫龍に、

「要塞に中山王がいる。要塞が落ちれば、中山国は消滅する」

と、ささやいた。

軍の滞留《たいりゅう》はつづいた。ひと月がすぎても、主父のもとに朗報はとどかない。さすがの主父もたいくつさをおぼえたらしく、

「舞子《ぶし》を連れてくればよかった」

と、いい、ふたたび小宴を催して、公孫龍と東武君を呼んだ。舞子は舞姫といいかえてもよい。ここには舞子どころか管弦をかなでる楽人《がくじん》もいない。主父は兵士のなかから数人を択《えら》んで、趙の民謡を歌わせた。すると多くの兵士がそれに唱和し、やがて大合唱となった。歌声はこだまして、天に昇ってゆくようであった。

突然、その歌声が崩れた。

「敵襲――」

遠い声が公孫龍の耳にとどいた。東武君は弾《はじ》かれたように起立した。中山兵の急襲がいちどはあると予想していた公孫龍は、きわめて冷静だった。自身の配下を馬とともにすべて引率して、帷幕《いばく》の外にひかえさせていた。が、東武君はそこまでの用心がなく、数人の従者しかいないとわかったので、

「公子は、父君をお衛《まも》りください。中軍に使いを走らせてください」

と、いそがずにいった。公孫龍の沈毅《ちんき》が東武君に染《し》みたようで、

「わかった」

と、うなずき、ふたりの家臣を急行させ、自身は主父のもとへ走った。それをみて公孫龍は馬に乗り、配下を集めると、

「主父さまの護衛の兵は五百だ。敵兵の数はわからぬが、五百をこえることはあるまい。いま突進してきた敵兵は、たぶん囮《おとり》だ。主力はちがう方向からくる」

と、告げ、この小隊を動かさず、しばらく静観していた。交戟《こうげき》の音がきこえてきた。が、趙兵が劣勢ではないことは、気配でわかる。

しばらくすると、華記《かき》が趨《はし》ってきて、

「公孫龍どのは、なぜ、動かぬ。敵はむこうですぞ」

と、なじるようにいった。馬上の公孫龍は幽《ほの》かに笑い、

「あなたには真の敵がみえぬのか。実《じつ》にみえるものが虚《きょ》で、虚にみえるものが実である、というのが兵法の極意《ごくい》です。これは中山の存亡を賭《と》した奇襲です。こちらに兵をまわしてください」

と、いった。このことばが終わらぬうちに、敵兵が出現した。矢が華記の鼻先を通り、かれはひっくりかえった。公孫龍はあわてずに敵兵の数を算《かぞ》えた。

「およそ百か――」

中山兵のなかで最強の兵によって編制された隊とみた。かれらは手薄になった趙の防禦《ぼうぎょ》の陣をやすやすと破って、公孫龍の小隊に迫ってきた。

――隊長が楽毅でなければよいが……。

視界にいる敵は騎兵隊ではない。騎馬はわずかである。公孫龍の配下はすべて騎兵であり、しかも騎射の訓練をかさねてきた。四倍の敵にも勝てるであろう。公孫龍は長柄《ながえ》の刀を敵兵にむけて、

「ゆくぞ――」

と、号令した。麾下《きか》の騎兵は前進するとすぐに旋回するような陣形をつくり、疾走する馬の上からつぎつぎに矢が放たれた。突進してきた中山兵は眼前に生じた旋風にひるんだ。だがこの中山兵は生きて還《かえ》ることを望んでおらず、主父と刺し違える覚悟の兵であるから、その鋭気はもはや妖気《ようき》といってよく、公孫龍の兵もたじろいだ。

――まずいな。

公孫龍は五人の配下とともに前進して斬り崩し、隊長に近づこうとした。それに気づいた隊長が急速に馬をすすめてきた。隊長の左右には十人ほどの歩兵がいる。

「いのち知らずの勇者が趙軍にいるとおもったら、孺子《じゅし》ではないか。青二才を殺して喜ぶようなわれではない。主父の首が地にころがるまえに、立ち去れ」

隊長は豪語《ごうご》した。むろんこの隊長は楽毅ではない。

「中山国の命運が風前の灯《ともしび》であるこのときに、国と王のために忠を尽くそうとする。あなたのような忠臣を殺したくない。主父は中山王が降伏すれば、王を殺さず、すべ

ての臣下を赦《ゆる》す、と仰《おお》せになっている。あなたのすぐれた武勇を、天下のために活《い》かして欲しい」

公孫龍は本心からそう願った。楽毅といいこの将といい、中山王は良い臣下をもっていたとわかる。

「こざかしいその口をふさいでやるわ」

隊長の馬が動いた。同時に公孫龍も馬をすすめた。隊長の戟《げき》が公孫龍の胸を狙っている。馬の脚が速くなった。隊長の殺気は岩をも砕《くだ》くすさまじさで、公孫龍の馬がおびえた。隊長の戟が飛ぶような速さで公孫龍を襲った。

「ぴしっ」

という音がした直後、公孫龍が馬上から消えた。

「やっ、どこへ――」

隊長は戟をまわし手綱を引こうとして、急に手応《てごた》えを失って落馬した。いつのまにか馬上には公孫龍の姿があり、

「はは、馬を失っては、戦えませんよ。そろそろ引き揚げ時です」

と、退却をうながした。うなずいた白海、碏立《しゃくりつ》、嘉玄、洋真、牙荅の五人が歩兵を斬りたてた。あいかわらず碏立の力は五、六人をいちどになぎ倒せるほどで、落馬し

た隊長をかばう歩兵は悲鳴をあげて後退した。

中山の決死隊はうしろが崩れた。が、先頭の兵はひたすら前進し、主父に迫ろうとしていた。この鬼気《きき》そのものといってよい十数人の中山兵を迎え撃ったのが、なんと少年の東武君であった。かれは馬上で弓を執《と》り、近くの五十人ほどの衛兵に、

「われの指図に従え。堵列《とれつ》して大楯《おおだて》を立て、けっして前にでるな。耐えて耐えて耐えよ。半時、耐えれば、敵は消える」

と、命令をくだした。東武君の近くに残った童凜は、小型の斧《おの》をとりだした。この小さな斧は、飛べば、飛礫《つぶて》とはくらべものにならないほど大きな殺傷力がある。むろん特製の武器であり、ここには五つ持参した。

決死の十数人にむかって、馬上の東武君はつぎつぎに矢を放ち、童凜の斧も飛んだ。七、八人が倒れた。

――やった。

と、東武君は胸をそらし、童凜は小さな歓声を揚げた。が、倒れた中山兵は負傷しながらも起き上がって、衛兵に襲いかかった。そのすさまじさに、東武君は息を呑《の》んで真っ青になり、童凜は恐怖のあまり、

「公孫龍さま――」

と、助けを呼んだ。

衛兵も幽鬼《ゆうき》と戦っているような気分になり、竦《すく》みあがったが、指麾《しき》する東武君がふるえながらも逃げなかったので、半時、もちこたえた。半時後に、中軍の騎兵が五十騎ほど到着し、中山の兵を圧殺《あっさつ》した。

このときまで主父は戦いを一瞥《いちべつ》もせず、近臣と笑語《しょうご》して、悠々と酒を呑んでいた。交戟の音が熄《や》むと、おもむろに腰をあげて、東武君のもとまで歩をすすめると、

「勝よ、なんじが公孫龍に鍛えられたことはきいている。しかし勇《ゆう》は人からさずけられるものではない。なんじはみずからの勇で、みずからのいのちを救ったのだ」

と、称めた。それから踵《きびす》をかえすと、宴席にもどり、なにごともなかったかのように、中断していた宴会をつづけさせた。

この奇襲が失敗したことで、万事が休《きゅう》した、と感じた中山王は、十日後に降伏した。主父は中山王を殺さず、膚施《ふし》という地に移した。中山という王国は滅亡したのである。

中山国の全土を得た主父は、

「これで代《だい》へは、迂回《うかい》せずに、まっすぐにゆける」

と、いった。それは燕の下都《かと》へもまっすぐにゆけるということでもあり、趙と燕とは国境を接することになった。

楽《がっ》毅《き》のゆくえ

凱旋《がいせん》した主父《しゅほ》は、諸将士を集めて、論功行賞《ろんこうこうしょう》をおこなった。

その場に、公孫龍《こうそんりょう》は呼ばれない。

「龍さまは、主父と東武君《とうぶくん》をお助けしたのに……」

と、童凜《どうりん》は不満顔であった。

だが、夕方に周蒙《しゅうもう》がきて、

「明朝、従者とともに宮中の客室にはいるように、と王が仰《おお》せになった。明日、酒宴が催される。そなたは主父さまの客ではなく、王の客として招待された」

と、告げた。周蒙が帰ったあと、牙荅《がとう》は、

「趙《ちょう》王があなたさまに気をつかってくれたのでしょう」

と、推察した。が、公孫龍はこれも主父の陰《かげ》の指図ではないか、と想《おも》った。いまは主父が軍事を主導しているが、数年後には趙王すなわち恵文《けいぶん》王が軍事における命令をくだすことになろう。

翌朝、公孫龍は従者の二十人とともに客室にはいった。従者のなかには棠克《とうこく》がいる。

公孫龍はこの能臣を邯鄲《かんたん》の公孫家の家宰《かさい》とした。

邯鄲という首都を構成する城と郭《かく》はわずかにしか連結しておらず、郭門をでていきなり城内にはいることはできない。まえに書いたように城のなかは王族の住居区で、群臣と庶民はそのなかに住むことはできない。

はじめて邯鄲城のなかをみた棠克は、客室に落ち着いてから、

「郭を城の防衛につかわない構造はどうなのでしょうか。敵はいきなり城を包囲して攻めかかれます」

と、公孫龍にいった。

「郭を離しているということは、籠城戦《ろうじょうせん》になった場合、都民をかかえこまないので、食料の減《へ》りがおそくなろう。そういう利点もある」

邯鄲城が難攻不落の城であることは、いうまでもない。

午後になると、群臣が続々と城内にはいってきた。かれらは城内の広い庭を埋めつくした。公孫龍らは周蒙に案内されて、恵文王の席から遠くない筵席《えんせき》に坐《すわ》った。

「壮観《そうかん》ですね」

庭内をみわたした棠克は羨望《せんぼう》をこめていった。いまの周《しゅう》王には、これほど大規模な宴会を催す富力《ふりょく》はない。

やがて主父が恵文王をともなってあらわれた。群臣はいっせいに起《た》って、万歳《ばんざい》を三《さん》唱《しょう》した。主父は代《だい》に至るまでのすべてが趙の版図《はんと》となったことをみずから賀《いわ》い、長男の公子章《しょう》とその傅《ふ》の田不礼《でんふれい》を近づけて、群臣のまえに立たせた。

「章に代をさずけ、不礼をその相《しょう》とする」

これは一種の封建である。この時点で、代は趙の一邑《いちゆう》ではなくなり、公子章が治める小国となった。さらに主父は公子章に、

「安陽君《あんようくん》」

という称号を与えた。群臣はその封建を祝って歓声を揚げたが、公孫龍の近くにいる周蒙は、

「主父と王の目のとどかない代に、あのふたりがはいれば、代は陰謀《いんぼう》の巣になりますよ」

と、浮かない顔をした。周紹《しゅうしょう》の佐官であった周蒙は、いまや恵文王の側近のひとりであり、あいかわらず公子章すなわち安陽君と田不礼に疑惑のまなざしをむけている。

恵文王と東武君はつれだって公孫龍のもとにやってくると、中山《ちゅうざん》での戦陣に話題を集中させた。公孫龍は、主父を守りぬいた東武君の戦いぶりを、口をきわめて称讃《しょうさん》した。東武君はうれしげにはにかんだ。恵文王は十五歳であるが、王としての風格をそ

なえはじめている。公孫龍をねぎらうことを忘れなかった。おどろいたことに、この宴会は、五日間もつづいた。主父の豪気がそうさせたのであろう。

宴会が終わり、客室から自邸に帰った公孫龍は驚嘆した。邸内にある三つの蔵が満《まん》杯《ぱい》になっていた。蔵は、穀物用、衣類・調度用、武器用で、そのなかでも二番目の蔵が縑《きぬ》で満ちていたことに大いにおどろいた公孫龍は、

――これが主父さまからの褒美《ほうび》か。

と、推察したが、すぐに家人を呼び、

「すべての縑を蔵からだして、荷車に積みなさい。燕《えん》へ運び、旭放《きょくほう》家へとどける」

と、いった。旭放は家人をだして公孫龍を助けてくれた。これはその礼である。また、燕へ行った渠杉《きょさん》のその後も、気になる。

二日後には、邯鄲を出発した公孫龍は、中山を通らず、水路を選んで燕にはいった。燕は北国であるとはいえ、まだ暑気《しょき》が残っている。上都《じょうと》の薊《けい》に着いた公孫龍はまっすぐに旭放家に行った。

房以《ぼうい》が二、三の家人とともに、外に飛びだして、公孫龍を迎えた。

「やあ、房以、苦労をかけたな。渠杉はぶじか」

「ぶじも、ぶじで、いまでは燕王の直臣としてお仕えになっています」

「それは、よかった。旭放どのはご在宅か」

「へい、どうぞ、どうぞ。ところで、あれは――」

房以は後続の荷車をゆびさした。荷車の数は十数台ある。

「すべて繒だ。旭放どのへの土産《みやげ》だ」

「へっ、それは、また――」

大仰《おおぎょう》におどろいてみせた房以は、公孫龍と数人の従者を奥へいざなった。奥では、公孫龍をもてなそうとしているのか旭放があわただしく家人に声をかけ、指示をしていたので、

「気づかいは無用――」

と、公孫龍は明るくいい、一室で対座した。公孫龍にむかって低頭した旭放は、

「もどってきた房以から、話はききました。あなたさまの勇気は比類ないものですな。しかも悲運の者や困窮している弱者へかける愛情もなみなみではない。あなたさまが燕王の縁戚《えんせき》であることくらいは承知していますが、どうやら、それだけではない」

と、いった。

「われは、あなたとおなじ、商賈《しょうこ》にすぎない。それでよいではないか」

「昔、商賈の身分から斉《せい》の輔相《ほしょう》となった管仲《かんちゅう》も、あなたさまほどではなかったかもしれません。あなたさまは、天下の輔相になれましょう」

「はは、ずいぶん高く持ち上げてくれたな。斉といえば、秦《しん》を攻めていた孟嘗君《もうしょうくん》はどうしたか、知らぬか」

「秦と和睦《わぼく》しました。秦は韓《かん》と魏《ぎ》にそれぞれ領地の一部と一邑を返し、三国の軍は帰還しました。孟嘗君と斉は、秦からなにも取らなかったようです」

「あざやかなものだな。斉に孟嘗君がいるかぎり、趙をのぞいて、斉に勝てる国はどこにもない」

いま天下を主宰しているのは孟嘗君である。他国を援《たす》けるだけで、我欲をださず、見返りも求めない。その義俠《ぎきょう》に天下の人々が喝采《かっさい》をおくっている現状を、さすがの主父でも武力だけでくつがえすのは至難であろう。

「趙は斉と戦いますか」

「かならず、そうなる。中山を平定した主父は、すぐに西方と北方の胡《こ》族を支配下に置いている。同姓の国である秦と連合して、兵を南下させれば、まちがいなく韓と魏をかばうかたちで孟嘗君がでてくる。問題は、そのとき燕王が趙と同盟するか、しないか、ということだ」

主父と孟嘗君が対決するという戦いは、天下分け目の大戦になる。国と自身の命運がかかっている戦いになれば、主父は慎重に敵対する三国の動静をみきわめねばなるまい。三国の連合にゆるみが生ずるのを待てないのなら、韓か魏のどちらかを外交的にきりくずすであろう。

「燕王は他人《ひと》の尻馬《しりうま》に乗って仇討《あだう》ちをするかたではありませんからなあ……」

燕の昭王《しょう》がむずかしい対応をせまられるときが、遠くない将来にくる、と旭放も予想した。

一時《いっとき》ほど旭放と語った公孫龍は、房以に先導されて、渠杉の住居区へ行った。百五十戸からなる集落で、門と牆《しょう》が新しかった。

渠杉は不在であった。都外に農場があり、今日はそこで、族人とともに雑草の刈除《かいじょ》をおこなっているらしい。若い家人が公孫龍の来訪を告げるべく、家を飛びだした。

半時後に、馬を馳走《ちそう》させて渠杉がもどってきた。その顔をみた公孫龍は、

――翳《かげ》のない笑貌《しょうぼう》をはじめてみた。

と、心を明るくした。

庭に臨《のぞ》む一室に公孫龍を通した渠杉は、礼容をみせて、

「あなたさまのおかげで、ようやく泰安《たいあん》の時をすごせるようになりました」

と、いった。

「あなたさまは、やめてもらいたい。あなたは燕王の臣、わたしは商賈にすぎない」

「あなたさまの出自《しゅつじ》が尋常ではない、とわかってきました。これでも、勘《かん》の悪いほうではないのです」

「推察は、あなたのかってだが、公孫龍でよい」

「あっ、申しおくれました。わたしは燕王からあらたな氏名をさずけられました」

「ほう、なんと——」

発県《はっけん》が発県のままでは不都合であるように、渠杉も氏名を改める必要があろう。

「仙英《せんえい》です」

「ああ、佳《よ》い氏名だ」

仙は、山に住む人をいうが、仙と遷《せん》は音がおなじなので、移るという意味もこめられているかもしれない。英は、はな、ではあるが、才能のある人をいうので、仙英という二字には、才能のある人が山からでて燕に移ってくれた、という燕王の感謝と祝福がこめられている、と公孫龍はおもった。

「ここには、あなたとわたししかいない。あなたは燕王をどう視《み》たか、忌憚《きたん》なくいってもらいたい。わたしがあなたの感想を他言することは、けっしてない」

公孫龍は仙英の目をまっすぐにみた。小さくうなずいた仙英は、
「まれにみる英主《えいしゅ》です。お若いころに嘗《な》めた辛酸《しんさん》は、わたしのそれをうわまわってい
るでしょう。ゆえに斉への憎悪《ぞうお》は烈《はげ》しいまま、心の深いところにしまわれています。
わたしの復讎《ふくしゅう》は多くの族人を死なせただけで頓挫《とんざ》してしまいましたが、燕王の復讎が
国を挙《あ》げてということになりますと、失敗すれば、死者の数は万を単位としなければ
なりません。斉からみれば燕は小国にすぎず、この小国が斉へむかって揚げる戈矛《かぼう》は、
蟷螂《とうろう》の斧《おの》といってよいでしょう。奇蹟《きせき》でも起こらないかぎり、燕王の復讎が成功とい
うかたちにはなりますまい」
と、述べた。
「やはり、そうみましたか……」
燕王がどれほど多くの賢人を天下から集め、富国強兵につとめても、斉に攻め込ん
で、その全土を制圧できる三、四十万という兵力をもつことはできまい。人口が増え
るには、十年、二十年、いや三十年はかかる。三十年後の燕が、遠征のために十万の
兵をもつことができるかどうか、それさえも疑問である。
——燕王は趙の主父とむすばないかぎり、斉には勝てない。
それがいまの公孫龍の考えではあるが、それを燕王へ進言するつもりはない。もは

や仙英の心底に暗い雑念はないとみきわめた公孫龍は、自邸に帰り、すぐさま郭隗《かくかい》に報告をおこなった。

「あなたはずいぶん主父と趙王に信頼されたものだな」

と、郭隗は笑った。

「いまやわたしは、なかば趙の臣、なかば燕の臣になっています。これは悪徳の臣の容《かたち》です」

公孫龍は自嘲《じちょう》した。

「いや、そうとはいえぬ。秦の楼緩《ろうかん》は、やっかいな孟嘗君を逐《お》って、宰相《さいしょう》に返り咲いたが、もともと主父の息のかかった趙の謀臣だ。主父はあなたの心身の働きと行動を百も承知で、心をゆるしている。卑下《ひげ》するどころか、大いに誇ればよい」

郭隗は公孫龍が燕と趙を往復することが、両国にとって益《えき》になるとみた。公孫龍は燕王と主父のために陰の外交をおこなっている。

「先生にそういっていただくと心がなごみ、勇気が湧《わ》いてきます。明春まで燕にいますので、いっそうのご教導《きょうどう》をたまわりたく存じます」

このあと、ようやく公孫龍は自邸にはいった。復生《ふくせい》の顔をみるや、

「なんじは仙英の族の五百人を救った。あの五百人が十年後には二倍となり、二十年

後には三倍となる。燕の国力を増す手伝いもした。陰徳《いんとく》がある者には陽報《ようほう》があるというではないか。なんじにはかならず天の恵みがあろう」

と、家中にひびくような声で称《ほ》めた。

復生は喜びをおさえるようにうつむいたあと、首を揚げると、

「主《しゅ》は楽毅《がっき》という中山の将にお会いになりましたか」

と、いった。

「ああ、会ったよ。あの将の敢死《かんし》を仙英がとどめ、われは仙英のひそかな意図《いと》にそって手助けをした」

「楽毅はまれにみる良将です。大国に生まれていれば十万の兵を督率《とくそつ》できる名将になれたでしょう。わたしは、燕へくるようにお誘いしたのですが……」

「やっ、そうであったか」

中山は滅亡したのに、楽毅が燕にこないということは、新天地を中原《ちゅうげん》の国に求めたにちがいない。しかし中原の国である魏と韓はいま斉と連合しており、中山は斉と反目しあっていたという事情があったのだから、中山王の重臣であった楽毅にとって心情的に住みやすい国は中原にはない。

「復生よ、楽毅がどこへ行ったか、調べてくれ。もしも不遇《ふぐう》であれば、燕へ移るよう

に説《と》いてくれぬか」

「喜んで——」

数日後、復生は五人の従者とともにはつらつと出発した。

秋と冬には、公孫龍は学問に専念した。従者もなるべく聴講《ちょうこう》させるようにした。師である郭隗は、形式化した、あるいは形骸《けいがい》化した伝統を嫌い、

「古いことを知らなければ、新しいことがわからない。それはたしかですが、古いことを知るということは、かつて在《あ》ったと認識することではなく、おのれのなかにとりいれて蘇生《そせい》させることであり、その上で創造することが、新しさを知ることなのです。すなわち、新しさとはおのれの外にあるのではなく、内にあるのです」

と、いった。そういう講義を聴いている公孫龍は、郭隗先生は若いころに徹底的に儒教《じゅきょう》を学んだのちに、そこからでて、自身の哲理を樹《た》てたのだろう、と想うようになった。学問のための学問を嫌ったといってよい。縛《しば》られたくない自己をこころがけている公孫龍にとって、郭隗はこのうえない師であった。

年が明けて、公孫龍は二十三歳になった。

燕の邸宅の家宰を牙荅とし、その補佐に杜芳《とほう》を配した公孫龍は、二月の上旬に燕をでた。旧中山国を通る道には大きな起伏がいくつかあるので、いつものように水路を

つかい、鉅鹿沢《きょろくたく》のほとりに上陸した。鉅鹿沢をみるたびに、

――ここが自分にとって運命の岐路であった。

と、公孫龍はおもう。おなじようにその岐路に立っていた召《しょう》公祥《しょう》がすでに亡《な》いとおもうと、水のきらめきも、樹草の緑も、生気を失ったようにみえる。召公祥には子瑞《しずい》という子がいたようなので、子瑞が政敵に殺されていないのであれば、捜しだして保《ほ》庇《ひ》してやりたい。しかし召公祥の側近中の側近であった棠克がいくら捜してもみつけることができなかったとなれば、子瑞の生存を希《のぞ》むのはむりかもしれない。

邯鄲へゆく途中で、千人ほどの集団とすれちがった。かれらは兵ではない。

「庶人《しょじん》がまとまって、どこへゆくのか」

公孫龍の問いに答えたのは嘉《か》玄《げん》である。

「おそらく長城を築くために、北辺《ほくへん》へゆかされるのです」

「そういうことか」

長城を築いているのは趙だけではない。いまや海内《かいだい》のいたるところに長城がある。ただし北辺の異民族の侵寇《しんこう》を恐れる燕と趙の長城は、中原諸国のそれよりはるかに長大である。その築城にたずさわる庶人は、半年は帰れないであろう。諸国の王侯貴族はそういう人たちにも支えられているが、かれらの労働の実態を自分の目で視たこと

はないし、これからも視ないであろう。公孫龍自身もかれらとともに北辺の築城に従事するわけではない。それゆえ、夫役《ぶやく》の内容を熟知することはできないので、国民の強制労働に無関心な貴族となんらちがいはないが、

——それでも……。

はるばる国境へ行って労働をする集団をみて、せつないおもいをしたことだけでも、見識がひろがったといえないだろうか。

「人はそれぞれ、自分ほど苦労している者はいないとおもって生きている、と郭隗先生はおっしゃったが、まことにそうだ。人夫を北辺に送りとどける役人にも苦労はあり、その役人の上司にも、人知れぬ苦労はあろう。そういう苦労の積み重なりの最上に、一国の王がいる。すると王は最大の苦労人で、その苦労をいたわってくれる人は皆無《かいむ》だ」

「王は自身のことを、孤《こ》、といいますね。独《ひと》りぼっち、ということでしょうか。趙王もさびしいでしょうね」

と、嘉玄は恵文王の心情を察してみた。

——どの国の王も、さびしいものなのだろうか。

公孫龍は自分の父の周王としてのさびしさを想ったことがなかった。父もさびしい

にちがいない。王位とは、孤独の座だ。その座にけっして昇ることがなくなった公孫龍は、不幸が転じて幸福になる、とはこのことだ、とおもった。いまは、良い配下にめぐまれ、かれらとともに生きているという実感がある。

邯鄲の自邸にはいると、復生が待っていた。

「やっ、楽毅のゆくえがわかったのか」

「魏にいました。が、冷遇《れいぐう》されていました」

「それで――」

「むろん、燕へゆくことをお勧《すす》めしました。しかし小国の悲哀をあじわったあのかたは、燕が小国であるため、気がすすまないようです」

「そうか……。魏王の臣となって、驥足《きそく》をのばしたいのか」

かつての魏は、中原にあって最大で最強の威勢をもつ国であった。西方の秦が隆盛《りゅうせい》しはじめたため、魏の版図は秦に侵蝕《しんしょく》されつづけているが、それでも大国であることにかわりはない。

「新しい魏王は、楽毅どの亡命をご存じないのでは――」

「新しい魏王……、先王は亡くなったのか」

魏という国にほとんど関心のなかった公孫龍は、昨年に襄《じょう》王が崩《ほう》じて、子の昭《しょう》王が立ったことをはじめて知った。昭王は喪《も》に服すので、国政に臨むのは、早くて半年後であろう。亡命貴族について知るはずがない。

趙では、晩春に、群臣がのこらず朝見《ちょうけん》するという大集会がおこなわれた。むろん公孫龍は趙王の臣ではないので、その会にはでない。

集会のあとに、周蒙が訪ねてきて、

「ひと月後に、主父さまが王と東武君などをお連れになって、沙丘《さきゅう》へ遊行《ゆうえん》にゆかれます。王はあなたを伴随《ばんずい》させたいとおおせです。たぶん、むこうでは狩りをおこなうので、あなたに指導してもらいたいというのが、王のご内意でしょう」

と、いった。

「狩りですか……」

恵文王と東武君の狩りは、公子何《か》と公子勝《しょう》の狩りを憶《おも》いださせる。公孫龍はわずかに不吉《ふきつ》をおぼえたが、

「喜んで参ります」

と、答えた。まさか主父と恵文王の沙丘行きが、趙だけではなく天下をおどろかす大事件になろうとは、予見《よけん》力のある公孫龍でも予想できなかった。が、周蒙はいやな予感をおぼえているのか、

「王はたいそうあなたを信頼なさっている。沙丘へは、二十人以上の従者を率《ひき》いて行ってもらいたい」

と、いった。これは恵文王の内命ではなく、公孫龍とその配下の実力が十倍の相手と戦ってもひけをとらないことを熟知している周蒙独自の要請である。

「承知しました」

公孫龍は周蒙の用心深さを、無用のこととはおもわなかった。恵文王が邯鄲城の外にでるのはめずらしく、城外ではなにがあるかわからない、と気をひきしめている周蒙のありようこそ、側近の鑑《かがみ》というべきである。

初夏になった。まもなく出発である。

公孫龍は復生を邸に残し、棠克、白海《はくかい》、童凜、嘉玄、洋真《ようしん》、碏立《しゃくりつ》のほか十五人を選んで従者とし、城外で恵文王の行列を待つことにした。

が、このとき、暗雲が沙丘へむかって南下しようとしていた。

（巻一　青龍篇《せいりょうへん》・了）

地図作成　アトリエ・プラン

この作品は令和三年一月新潮社より刊行された。

公《こう》孫《そん》龍《りょう》 巻一 青龍篇

新潮文庫 み－25－41

令和六年四月一日発行

著者 宮《みや》城《ぎ》谷《たに》昌《まさ》光《みつ》

発行者 佐藤隆信

発行所 株式会社 新潮社

郵便番号 一六二—八七一一
東京都新宿区矢来町七一
電話 編集部(〇三)三二六六—五四四〇
読者係(〇三)三二六六—五一一一
https://www.shinchosha.co.jp

価格はカバーに表示してあります。

乱丁・落丁本は、ご面倒ですが小社読者係宛ご送付ください。送料小社負担にてお取替えいたします。

印刷・大日本印刷株式会社　製本・加藤製本株式会社

ISBN978-4-10-144461-1 C0193